写意·山野

陈忠平◎著

时代出版传媒股份有限公司
安徽文艺出版社

图书在版编目（CIP）数据

写意·山野/陈忠平著.—合肥：安徽文艺出版社，2023.3
（行走的徽州）
ISBN 978-7-5396-7396-7

Ⅰ．①写… Ⅱ．①陈… Ⅲ．①散文集－中国－当代
Ⅳ．①I267

中国版本图书馆CIP数据核字(2021)第280624号

出 版 人：姚 巍
责任编辑：周 丽　　　　　　　　装帧设计：尹 晨

出版发行：安徽文艺出版社　　www.awpub.com
地　　址：合肥市翡翠路1118号　邮政编码：230071
营 销 部：(0551)63533889
印　　制：安徽联众印刷有限公司　(0551)65661327

开本：700×1000　1/16　印张：16.25　字数：240千字
版次：2023年3月第1版
印次：2023年3月第1次印刷
定价：76.00元

（如发现印装质量问题，影响阅读，请与出版社联系调换）
版权所有，侵权必究

写意·山野

目录

沿秋浦河进徽州祁门

立春返乡，秋浦当歌 / 2

雨水时节，梅映阊江 / 7

春耕开始，芦溪水暖 / 12

家在祁门桃源里 / 17

桃源古祠，麒麟瑞像 / 23

桃源古巷私语 / 30

徒步冯家顶 / 35

徽州婺源

徽州的花季 / 40

徽州婺源石城的云海时空 / 44

徽州的苍翠原野 / 48

徽州骑行风情 / 51

徒步婺源大山深处水岚村 / 54

篁岭秋思 / 61

翻过大山进休宁

寂静呈村 / 66

新安江源絮语 / 70

"非典"之年，春访阳台村 / 74

木梨硔仲夏夜之梦 / 79

秋季的鬲山田园 / 83

雪舞鹤城 / 87

竹背后村的乡愁 / 91

黟县桃花源里人家

梦中的"一居" / 98

碧山书局断想 / 102

我的世界 / 105

宏村夜话 / 109

徽州风雨夜 / 113

骑车从奇墅湖湖底穿过 / 117

奇墅湖畔塔川林深好乘凉 / 121

乡村雪霁 / 125

黄山风云

秋光隧道 / 130

狮子林中秋夜话 / 133

消失的地平线 / 137

云端漫步 / 142

狮子林风雪之声 / 145

黄山山麓太平

黄山军博园的历史时空 / 150

郭村怀古 / 153

无比安静的世界 / 157

在密林深处的革命老区 / 160

深山访古 / 163

黄山龙源村 / 167

千年古刹翠微寺 / 170

黄山西麓 邂逅章村铁匠铺 / 173

徽州府衙歙县

邂逅阳产 / 178

行摄周家村 / 183

徽青古道回眸 / 187

呈坎秋实 / 191

乡村天伦 / 195

深度古渡，仙境走廊 / 199

故乡绩溪

丰收香满登源河谷 / 206

登源河畔种田忙 / 210

修行老屋 / 214

阳光照耀家朋溪水 / 218

初秋邂逅中国地图村 / 221

梦里荆州 天空之城 / 224

回温暖的地方 / 228

绩溪古道时空 / 233

清凉峰半山人家 / 238

三线厂怀旧 / 242

徽州秘境尚村 / 247

故乡在水阳江源头 / 251

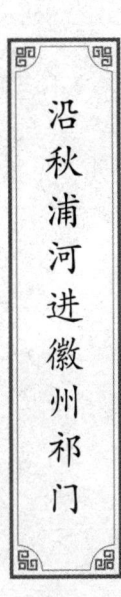

沿秋浦河进徽州祁门

写意·山野

立春返乡，秋浦当歌

　　立春，预示着大地一年四季的新启与轮回。立春当歌，序曲从古刹凌晨的钟声开始。

凌晨四时，安庆，寒霜漫天。我们沐浴更衣，焚香祈祷，前往迎江寺上早课。寺内庄严，红光摇曳，信徒跪祷，经歌咏诵。其祥和圆觉的祝愿，从大堂里传扬出去，汇入清亮的叩钟咏叹，声声荡漾，惠泽长江两岸，远播四方。晨风寒冽，扬起香烟，激扬旧想，不觉泪流满襟。时光静寂，岁月轮回，一声晨号，人生万年。

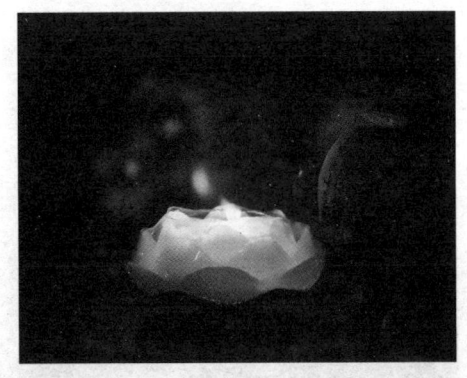

迎江寺，位于安徽省安庆市东门，濒临长江，建于明万历四十七年（1619），明光宗曾亲书匾额"护国永昌禅寺"。清顺治七年（1650），敕改"迎江禅寺"，乾隆帝赐额"善狮子吼"，光绪八年（1882）题匾"迎江寺"，慈禧太后赐额"妙明圆镜"。寺院历史悠久，虽经劫难，善脉依然。

那么就做一次生命的穿越，聆听寺院高墙内外的人世俗音，有多少是亘古未变的，又有多少是面目全非的。当下的足音，正有灵魂深处的警示：你的步要踏在地上，你的心要留在信里。

黎明时分，我们启程。沿着长江的支流秋浦河逆流而上，回徽州，回故乡。

一千多年前，唐代诗仙李白也是沿着秋浦河进入徽州的。也许是同样的路线：从安庆迎江寺出门，沿秋浦河扬帆，再弃船步行，翻越箬岭山径进入徽州当时的祁门古境。所不同的是，当年李白要几经周折，耗时多日，水陆交通替换，难免艰辛；而今天，我们只需要开着小车，一路自驾，当天便可快捷地回到家乡。然而，当年正是因为道

写意·山野

　　路险阻,连接安庆与徽州的、百里之遥的秋浦河,让李白留下了光辉诗篇《秋浦歌》。家国情怀,忧愁与欢悦交织的内心世界,秋浦河的万千风情,让诗人在文字中永生。

　　秋浦河,发源于石台李吴山与祁门仙寓山,古属秋浦县。从源头流至贵池杏花村杜坞进入长江,全长约180千米。沿岸风光旖旎,景色迷人,有古代的石城遗址、昭明钓台及仰天堂等古迹,它们构成美妙的秋浦胜境。

　　秋浦河河床蕴藏着丰富的矿砂,唐代时已经是国家级重要的银矿产地。李白经过秋浦河,在一个明月当空的夜晚,巧遇岸边冶金工人劳动的场面,被深深地打动,遂击节而唱:"炉火照天地,红星乱紫烟。赧郎明月夜,歌曲动寒川。"成为歌颂劳动人民的千古绝唱。现在,秋浦河不产白银了,改卖黄沙。改革开放以后,由于城市建设的需要,从1984年起,秋浦河每年外销黄沙达百万吨。因为人类欲望过度,今日的秋浦河已然不复当年猿啼乌鸣的情境,所幸雾霾还没有完全覆盖这一片净土,在山河蕴藏的资源枯竭之前,秋浦的怅然里还残留着一些芬芳。

就在这秋浦的怅然里,经石台,翻过高山,便进入了我的故乡——徽州。古老的祁门赤岭,尚存茂密的原始森林,尚闻豪迈的越族铿锵,依然可辨秦时梅城,依然能品汉存风尚……千年古村,百年祠堂;徽商古道,目连傩场。呀呀徽剧,侬侬吴腔,让醉酒当歌的诗仙时代依稀可辨。

徽州古俗出现了,"莫笑农家腊酒浑,丰年留客足鸡豚"。立春,大年初七,徽州还沉浸在浓郁的春节气氛里。触景生情,你不由得会同情在城市里工作的人们,现在他们已经被淹没在办公室的案牍中了,怎能比得上此时乡村的诗情画意?秋浦河,

写意·山野

流淌着诗歌的河流，源自徽州。虽然这片土地在历史上历经劫难，但还是保留了秦风汉韵、故园梦境。我们祝福城市在变迁中的欢乐，更珍惜乡村在传承中的深情。

回首秋浦河，李白诗云："千千石楠树，万万女贞林。山山白鹭满，涧涧白猿吟。君莫向秋浦，猿声碎客心。"继续故乡行，王驾咏叹："鹅湖山下稻粱肥，豚栅鸡栖半掩扉。桑柘影斜春社散，家家扶得醉人归。"鹅湖地处江西铅县，距徽州不远，民俗相近。在鹅湖之会的故事中，主人公朱熹的故里亦在徽州。程朱理学，几个时代的思想探索源自徽州。

夕阳西下，炊烟升起，就要到家了。立春返乡，秋浦当歌。新的一年，百鸟欢唱新生，百花萌动轮回。我们就在李白的《秋浦歌》中发现爱，在李白忧愁的泪水里发现诗的花蕾。"愁作秋浦客，强看秋浦花。山川如剡县，风日似长沙。"故乡，是一朵最美的莲花，开在心湖深处。

沿秋浦河进徽州祁门

雨水时节,梅映阊江

雨水时节来到了祁门阊江畔。

古诗云:"田园经雨水,乡国忆桑耕。"

雨水节气,阊江两岸的梅花花期接近尾声,江水透明如镜,时空依旧沉浸在残冬的记忆里。

阊江为祁门境内的称谓，属长江水系，源自秋浦河与阊江的分水岭——大洪岭和仙寓山两座大山。从祁门境内到浮梁县旧城，水随山转，水势或清冽湍急，或碧蓝幽静，窄处仅通筏，宽处可行舟。阊江往南流经江西景德镇后，河面更加宽阔，又名昌江。穿鲇鱼山，抵鄱阳县，与乐安河相汇，合流为鄱江，再往西行40余千米，注入浩瀚的鄱阳湖，全长253千米。沿途风光旖旎，民俗古雅，建筑风格与徽州一脉相承。尤其在上游阊江流域，祁门县境内，汉侯可考。

独爱阊江，信梅有典。徽州最早的封侯可以追溯到秦将梅鋗。梅将军先期追随项羽反秦，被封列侯；后归顺刘邦，仍袭侯位。祁门是梅鋗的封地之一。至今在祁门境内，依然留存诸多梅鋗遗迹，如梅鋗城、梅列侯宅、梅鋗墓、梅侯旧墅等。徽州在秦汉时期属越地，梅鋗英武爱民、受人爱戴，故祁门别称"梅城"。徽州人为纪念梅侯，喜梅，尊梅，遍植梅树，尤擅梅桩。徽州有文字可考的育梅历史可以上溯到唐代，徽州为中国野生梅树的分布中心之一。近期祁门城内，汪老先生培育出三色梅桩，海内哗然，慕者云集。徽州人培植梅树尚觉不足，写梅、画梅、咏梅，意趣悠长。

阊江两岸为野生动植物的天堂。虽曾被过度砍伐，但祁门目前尚存有参天古树，

连绵森林，盛产名贵药材，藏匿诸多野生动物。中草药有白术、黄连、天麻、杜仲、厚朴、辛夷花、石斛等；珍奇动物有虎、豹、四不像（麋鹿）、蕲蛇、乌梢蛇、眼镜蛇、大鲵（娃娃鱼）等。20世纪50年代，《人民日报》上尚有徽州人打虎的

报道。明朝李时珍的《本草纲目》中引用徽州医学著作达六部，其中有两部即为祁门名医汪机与陈嘉谟所著。新中国第一家蛇毒研究中心即建在祁门。

祁门偏远，阊江有情，两岸世家儒学传统深厚。汪机行医，实为行孝。为了治愈母亲的痼疾，他放弃功名，研学医术，终成善果，既治愈了母亲的呕吐疾病，又成就了自己，成为名垂青史的良医。《明史·李时珍传》记载："吴县张颐、祁门汪机、杞县李可大、常熟缪希雍，皆精医术。"汪机在当时被列

为名冠全国的四位医家之一。祁门历代名医辈出，在骨科、妇科、治疗毒蛇咬伤等领域皆贡献卓著，造福乡梓。

阊江河谷历史上鲜有争战，被誉为桃花源胜境，直到晚清才屡受战乱之苦，十室九空，哀鸿遍野。当时，太平军进入徽州袭扰多达十三次，杀戮、劫掠、焚烧，无恶不作。这场噩梦长达十年。1860年，曾国藩的两江总督衙门进驻祁门时，徽州已经饱经六年的劫难。饿殍载道，市贩人肉，徽州跌入了人间地狱。徽州今日和平的岁月，来之不易，阊江有声，诉者情切。

写意·山野

  尽管经历过晚清战争的屠戮，尽管有过"文化大革命"的摧残，阊江依然见证着两岸的奇迹——中国戏曲之祖目连戏依然留存，源自商周的傩舞依然活跃，古祠堂数量仍居徽州之首，尤其可贵的是，有人尚能唱诵祠堂祭祀的礼仪之歌。君来祁门，不妨走走桃源廊桥，临溪水放生，感怀慈悲之传承；不妨行行坑口祠堂，老匾额"吾祖是皇"高悬堂前，你能体悟得到族人之坚忍；不妨看看文堂古道，说不定能寻觅到陈氏先民在文闪河边设置的玄机。

  然后坐下，梅花虽谢了，但茶香随时涌来。中国茶是在17世纪进入欧洲，一时之间成为那个时代在英法宫廷社会的高贵象征。1915年，在巴拿马万国博览会上，祁门红茶荣膺金质奖章。祁红与印度大吉岭茶、斯里兰卡乌伐的季节茶，并列为世界公认的"三大高香茶"。徽州人善饮，嗜爱至极，往往相约自采、自制、自研，独创祁红品质。

祁门阊江两岸，产茶历史已有上千年。在唐朝，祁门大部分地域隶属于浮梁，来自世界各地的茶商一度云集于此。白居易在江州渡口（现九江）偶遇一位琵琶女，也与浮梁有关，可见当时祁门周边地区的产茶规模。或许是黄昏，在离别的情境里，白居易品着琵琶女为其沏泡的祁门茶，聆听着茶商夫人的倾诉。千呼万唤，伊人之美方得一见，还犹抱琵琶半遮面，风情万种，让人无比垂怜。商人重利，浮梁贩茶，眼前美人却无暇缱绻，也是人生无奈，令人叹惋。

白居易写《琵琶行》时，一定还记得起茶汤轻溢，或者，他呷了一口祁门香，悟道："同是天涯沦落人，相逢何必曾相识？"祁门茶，无论古今，无论红绿，似乎总与时代的主流紧密相连，透露着人生甘苦。

那么，再上高楼？如果是立春，当能望万顷梅坞，落英缤纷。今日雨水，梅香虽远，茶韵悠然。

写意·山野

春耕开始，芦溪水暖

"蛰"本义指冬眠的动物。

惊蛰，顾名思义，大自然最终唤醒了被特别宠爱的"冬眠子民"，让它们重新回到了春天温暖的时空里。

惊蛰节气，结束了生灵在旧年景中的最后梦乡，开启了万物在新四季里的最新梦想。

惊蛰时空，蓦然回首，犹忆芦溪渡口。不同于中国东北、西北地区的严寒景象，此时芦溪已经满眼春色，生机盎然。徽州节气分明，"春雷响，万物长"，惊蛰时节遇"九九"艳阳，芦溪水暖。

芦溪，是祁门最南端的古渡口，阊江上源支流的汇合处。立春时节，芦溪即已百鸟欢鸣，梅花绽放；进入雨水节气后，黄花遍野，桃花飘香。诗云："一声霹雳醒蛇虫，几阵潇潇染绿红。九九江南风送暖，融融翠野启春耕。" 惊蛰时节，芦溪古渡与整个徽州大地一同进入了春暖农忙的时光。

芦本应是大江大湖边生长的植物，可见当年芦溪古渡口周边水系的浩瀚、生意的繁忙与江湖上的热闹。民国以来，阊江是祁门县与外界联系的生命线，输出木材、茶叶、瓷土等山货土产，输入粮食、百货等。明清两代，水运兴盛时，祁门至景德镇河道，船只近万，码头逾百。春夏汛期，船舸如梭，白帆点点；秋冬水枯，则竹筏载运，不曾留闲。

过去，芦溪乡境内的主要古渡口还有店埠滩、范村、大北港口、倒湖等，至今古迹犹可辨。民国以来，祁门瓷土与祁门红茶从这些码头辗转出徽，输送到长江两岸，再漂洋过海，传到异域。码头上演绎的江湖气派与百姓生活纷纷扰扰、此起彼伏，通过琵琶歌咏，成为今日的乡村故事。新中国成立后，陆路交通快速发展，芦溪便逐渐静寂了，但是花序如昨，应时迭告。梅花接桃花，桃花伴李花，河谷处处开黄花。因为芦溪是阊江、大北河、罗村河、查湾河等主要河流的交汇处，山远水阔，草木繁盛，如画卷独开，古风奇美。

倒湖折射着芦溪当年江水的气势，目前是芦溪最为瑰丽的水道。全长10千米，水色漂碧，清澈见底，可乘筏，可游泳，可放龙舟。岸畔古道相继，15千米入奇峰，风景独绝。倒湖中间"十八湾"是阊江上流最为奇妙的水域，仿若长江三峡的唐诗意境，"两岸青山相对出，孤帆一片日边来"。置身其间，宛在银河，悬浮世外。

这种悬浮世外的心境，让芦溪人一讲起故事，除了码头传说，更有千年典故。芦溪被称为"唐宋故里"，百姓渔樵耕读，名人辈出。芦溪人讲孝道，最喜欢夸赞宋咸平年间的进士汪仁谅。芦溪有一座女祠，名衍正堂，是汪仁谅先生为敬孝母亲而立的。衍正堂世代受尊，明代重建，清代再修，虽经"文化大革命"打砸，现仍立于村前，警醒子孙，弘扬母爱，感铭母恩。

芦溪除宋朝始建的衍正堂外，还有一座清代的聚庆堂。聚庆堂为村中郑氏宗祠，门额上挂"柱国名家"匾，苍然透出世家门阀气象。在宗法社会里，祠堂凝聚人心，

承应祖脉，供议事立规、举办婚丧礼仪、节庆娱乐等之用。祠堂规模有大有小，依次分宗祠、支祠、家祠、专祠、总祠（或称统祠）等。祠堂类别在徽州特殊，有女祠和合祠之分。过去每年佳节，祠堂总是芦

溪最热闹的地方，同时，傩舞也随之而来。

春节刚过，芦溪村在节日里表演的傩舞，依然让人记忆犹新。远古时期传下的傩舞，至今依然沿村表演，十分活跃。每年的正月初二，村里请神仪式过后，便是奇特的傩舞时光，曲目有《先锋开路》《土地杀将军》《刘海戏金蟾》等，大人为了荣誉，小孩为了欢乐，老人为了热闹，一时间，村庄内流光溢彩，令人目眩。

芦溪村人组织傩舞很有讲究，每年正月初三至初六，在本村表演。小型的傩舞队来到许

过平安愿的人家里，挨家挨户地跳，似乎就播撒了"傩神"的祝愿，能够让各家分享到平安与吉祥。作为酬谢，主人会以木盘装满米奉给"傩神"，隐含对新年五谷丰登的希望。表演结束后，舞者将米倒入布袋里带走，既是酬劳，又隐喻了对吉祥的分享。本村活动完毕，舞者根据需要，便可以自由行傩到各个村庄。

傩舞节目没有唱腔、对白，仅用锣鼓伴奏，铿锵有力。过去，人们相信以这样的祖传仪式，能够辟邪消灾。而现在，傩舞已经变成老一代人的怀旧与新一代人的好奇而已。跳傩的宗教意蕴，让傩舞冗长、单调、严肃，目前已经吸引不了接受过现代教育的年轻人。现代文明让人们认识到，封闭的大山、恶劣的自然环境、贫困的生活、有限的认知、贫乏的娱乐生活，让傩舞成为一种艺术表演形式，成为人与神灵沟通的方式，成为祈求吉祥的重要巫术。而今，由于知识的普及、科学的传播、教育的现代化以及利益的需要，乡村傩舞的特殊地位已经一去不复返。

写意·山野

为了给孩子争取更好的教育机会,傩舞的表演者大多去了远方的城市发展。为了生活,他们在城市里暂时没有诗歌,无暇舞蹈,但舞者在远方的城市里留存着乡村的福报。因为有自给自足的传统与便捷的物流,从乡下寄到城市的米是少农药的,蔬菜是有虫眼的,植物油是亲人制作的,瓜果是亲人培育的,而亲人的所在之处——阊江河畔,芦溪水清且暖。

入惊蛰后,春耕开始。农人在田间劳作,浑身湿透,泥水满身,游人在乡间游玩,遥相呼唤,香汗濡濡,不禁让人喟叹时空的奇异。城市人似乎已经进入工业文明、信息文明,而距离很近的乡村,农人依然蓑衣斗笠,拉犁推耙,沿袭千年传承的农耕方式。唐诗云:"微雨众卉新,一雷惊蛰始。田家几日闲,耕种从此起。"劳作虽然是辛苦的,但又是弥足珍贵的。天道公允,惊蛰了悟,实在是一种警醒。

农谚说:"过了惊蛰节,春耕不能歇。"来,今日例外,春光正好,当歇则歇。不妨围坐江畔,芦溪水好。安茶是芦溪的传统名茶,是介于红茶和绿茶之间的后发酵紧压茶。明永乐《祁阊志》记载,此茶独出祁门芦溪。芦溪江河汇流,云雾缭绕,三山环抱,竹木葱茂,茶园多为沙洲,微量元素丰富,安茶具有很高的药用价值。岭南中医诊方常用此茶做引,被两广和东南亚诸国誉为"圣茶"。如此,惊蛰时节,在惊醒时分,于芦溪侧畔,饮一杯安茶否?

沿秋浦河进徽州祁门

家在祁门桃源里

很久很久以前，在可以自由迁徙的时代，祖先来到了祁门桃源。

时间虽久远，但在陈氏家族的宗谱里，清晰地记载了辗转的历程。

为了子孙的繁衍与家族的繁荣，祖上依靠朴素的风水理论来勘探辟荒，预测命运，祈求福祉。但凡有机缘，遇佳境，天地人和，族长便会占卜而居。

写意·山野

桃源所在，山环水绕，避风蓄光，水土丰饶，河谷平坦，林木深茂。八百多年前，在宋朝时期，进士出身、当过知县的陈万七公邂逅此域，爱上了这里。迁居桃源？他翻开远祖由江西浮梁迁来黄山祁门竹源的记录，从陈氏二十八世孙京公始祖到他这一代，也已是二十二世了。如果他再带领自己的家人迁居别处，那将开启陈氏京公家族支系新历史。

在这个时代，做事情可以不紧不慢、从容不迫。万七公带着孩子在桃源村周边的来龙山、仙童山上伐木劳动，顺便在各山头的密林周边种上一些樟树苗。他在占卜测试，如果树苗能够在茂密的原始森林里成活，那这里的山谷将成为他的子孙未来的吉地。

第二年春天，樟树苗发了新芽。万七公决定，带领儿子陈仁四等由闪里竹源迁至此处，新的家族支系诞生了。后人尊称他们父子为"闪里桃源陈氏宗族的始迁祖"。据宗谱记载，仁四公得五子，发为五支，又被后人尊称为"五门开基祖"。历史证明，迁居桃源是正确的。子嗣兴旺，丰衣足食，桃源河谷无疑是适合居住的吉祥之地。

桃源的新生活开始了。因为有文化，有资产，有社会关系，万七公与儿子精心打造着这片天地。在万顷大山中，初始只有几户人家，男耕女织，晴耕雨读。有机杼声、孩童声、读书声、鸡鸣犬吠声，桑树遍植，浅巷渐深。在祥和的情境里，书香传家，万七公凭轩望远，手握诗卷，欢乐开怀。

子孙日渐增多，村落逐步形成。朝阳而居，依水逶迤，巷弄当街，青石铺道。环境恰如《桃花源记》，情怀契投"归去来兮"。在一个良辰吉日，酒后微醺的万七公与儿子心意相通，便将蛰居之地命名为"桃源里"。在村头兔耳溪上有一座廊桥，廊桥头有一块明代石碑，石碑上有一篇《桃源里桥记》，文中描述道："邑治西去百里许，曰桃源，其中和适，四时如春，境界清明，纤尘不到，视夫天合武陵之所谓桃源者……"

家在桃源，世代绵延，子孙以泽被千秋的思想建设着家园。虽然历经劫难，但村落依然在人世间。桃源村头尚留存古道、廊桥，桥尽即见土地庙，土地庙墙上写着地藏菩萨的宏愿：地狱不空，誓不成佛。

廊桥下就是水口地带，桃源村人将这里的水域改为放生池。这一设计在徽州极为罕见。为了昭告路人，族人还在经过水口的古道旁，立了一块特别醒目的碑石。在廊桥上休息时，凭栏俯视，溪水清澈，游鱼自在；环顾四周，枯藤垂落，古风依然。随行的村里人说，廊桥边过去还有一棵老金桂、一棵古银桂、七棵古丹枫，寓意"七枫金银保水口"。贫瘠多难的农业社会，认知有限，乡人通过这样的设计讨得口彩，期盼平安富足。同时，这

写意·山野

样的分布，也让河谷风景别致，尤其当秋季来临时，桂香馥郁，枫红如火，河谷更是如诗如画。

现在，桃源人虽然已经有了电视、手机、Wi-Fi，桃源还发展了旅游，但桃源古村落的建筑表征还是保留了下来，承载着岁月的记忆。旧日的村落建制，前世的粉墙黛瓦，百年的星阁祠堂，依然醒目地坐落在村子里。到了节庆日，村庄的上空还能明晰地响起祭祀祖先的庆典鸣唱。五座伟岸肃穆的陈氏祠堂，在空明寂寥的村落，见证着桃源之家曾经带给徽州的精彩。老人说，祁红精彩吧，1815年，在巴拿马万国博览会上获得金质奖章的祁门红茶，是桃源人推介出去的。

桃源人行走全球，人才辈出。但无论事业如何发达，乡村的生活都是平静的。初

沿秋浦河进徽州祁门

冬回到桃源，乡亲已经开始制作年货。香气飘散在狭窄的巷弄里，总有一种节庆的期待，让人感到迷蒙。桃源古村落目前有300多户，户籍人口900多人。因为年轻人要发展，下一代要教育，村中青壮年大多出去工作并安家落户。巷子里苞萝松的香气越来越浓稠，我们忍不住进一户人家，一阵笑语让怀旧无比温暖。

这温暖还来自阳光。桃源四面环山，阳光特别明亮。邻居围聚在院落里，一边聊着家常与农事，一边晾晒着干菜与干果，最后把自己也晾晒在太阳下。几百年前，万七公是否也是因为有这样的体验，才把族人引到了这片天地？

村中老人喜欢老房子，都是红砖做墙，青石铺地，坐西向东，坐在院子里谈天说地，冬暖夏凉，你说怎么舍得离开？老房子户户紧挨，相互依偎，似乎与房屋的主人一样，

21

写意·山野

生怕被分离。

如果在院子里聊得不够,村子里还有古祠堂和古戏台可供村民聊天聚会。如果坐着聊天不过瘾,村外还有天然八景和古迹。曲径通幽,无论怎么转,家还是在桃源;无论怎么说,宗谱上都有记载。文字能让生命复活、族谱传声,始祖万七公的祝福声仿佛就在耳边萦绕。只是再也见不到茂密的森林了,原来丰沛的大河已经变成了小溪。所幸五棵古樟生长得很茂盛,空气依然清新。

桃源古祠，麒麟瑞兽

走进桃源古祠，在阅读祠堂雕刻的时候，你不由得弯下腰，匍匐在地。

也许是巧合，也许是暗喻，祠堂雕刻集中分布在门廊的柱础、大门的户对、天井的围栏以及建筑的墙基上。

石雕成为祠堂整体布局最基础、最底层的部分，让我们懂得对劳动、生活、知识与艺术的尊重。

写意·山野

在祁门桃源古祠堂大门前，有一对石鼓，石鼓上雕刻着可爱的卡通形象——麒麟，像鹿、像羊、像马，又像牛，无论是孩子还是大人，一见就会欢喜。石匠在这里雕刻了一个神奇的故事：麒麟吐书。麒麟吐书的传说最早出自明代何乔远编写的《名山藏》，虚构了中国儒家文化代表孔子诞生时的异象。

《名山藏》的原文说："孔子将生，有麒麟吐玉书于阙里（今山东曲阜），圣母以绣系麟之角。"古时候在山东曲阜，有一条阙里街，孔子家族世代居住在这里。孔子的父亲孔纥与母亲颜徵在一直只有孔孟皮这一个孩子，由于这个孩子患有足疾，按照当时规制，不能在族中世袭祭祀的重要职务，这让孔子的父母甚为忧心。为弥补遗憾，他们持续在尼山祷告，祈求能再生一个儿子。

一天夜里，孔子母亲梦见麒麟进家门，举止优雅，吐出一方丝帛，上面写道："水精之子孙，衰周而素王，徵在贤明。"其意思是说，孔子的母亲贤良聪慧，生的孩子是水龙转世，将成为不穿帝服的在野之王。第二天早晨，孔纥家中传出婴啼，孔子诞生了。这就是麒麟吐书的故事。

历史上，民国以来，徽商虽然远近闻名，但是徽州地域依然处于穷乡僻壤，面临山洪、瘟疫、蝗灾、血吸虫、虎狼等的威胁，遭受盗匪、丐患、战争等的侵害。尤其在祁门，农民春夏田野劳作，要格外留心毒蛇的袭击。天灾人祸，农业时代落后的生产力，人们渴望通过知识来改变命运，借助神灵以获得超自然的神力。

在这样的生存背景下，经历代演绎，麒麟的象征意义就不断被丰富。麒麟仁慈吉祥，能带来长寿健康；麒麟珍贵灵异，能恩赐圣贤仁杰；麒麟品德高尚，能使人功成名就；麒麟盛世方出，能带来国泰民安。经过如此渲染，麒麟，已经不再是兽，它已经成为一方人民的保护神，可辟邪，可招财进宝，佑子嗣繁茂，让家庭和睦，使事业昌盛……

而在欣赏麒麟的传说与雕刻艺术的同时，最真实的体验，是感受到雕刻者独特的匠心。在粉尘激扬的雕刻场景中，石匠跪立于地，以铁当笔，孜孜不倦，他一定也在刻画着自己的梦想，刻画着自己的倾诉，祈求铁笔下逐渐成形的麒麟能够让自己的子孙"朝为田舍郎，暮登天子堂"。

依然匍匐在地面上，拍摄眼前的雕刻。也只有这样，在拍摄时，才能够表达对桃源"工匠灵魂"的敬重。祠堂内光线昏暗，能朦胧地感受到神秘的暗示，也能清醒地

写意·山野

辨析出地面的潮湿。离尘土越近,你越能感觉到莫名的亲切,在让你放下身段的祠堂里,力量倍增。因为有麒麟瑞兽,有来自工匠灵魂深处的生命力。

桃源古村落300多户人家,完整地留存了5个古祠堂,是中国目前发现拥有古祠最多的村庄。因此还有很多精美的石雕,不妨精选几幅古迹,仔细品味,慢慢解读,有趣,有鉴，雅俗共赏。

梧桐彩凤 在中华文化中，凤凰是传说中的瑞鸟，象征着天下太平。在甲骨文中，凤与风的字形相同，与风一样具有无处不在的灵性力量。凰即皇字，为至高至大之意。凤常和龙一起配用，龙凤呈祥是最具中国特色的喜庆表达。

古人这样想象凤凰，形似孔雀，又得多种动物的特征：颔如蛇头，腹部如鳖，背部如龟，喙似鸡，顶似鹤，前身如鸿雁，尾部如鱼尾，足如鹭鸟，腮如鸳鸯，头部青色，展翅能飞。凤凰的羽毛纹理明晰，五彩缤纷。古人居然还能想象凤凰的全身布满文字，头部文采像"德"字，翅膀上文采像"顺"字，胸前文采像"仁"字，背上文采像"义"字，腹部文采像"信"字，把凤凰打造成能够戴德、拥顺、背义、抱信、履仁的五德神鸟。经过数千年的逐步演化，凤凰实在被寄予了太多的希冀。

凤舞竹林 凤凰具有独特的生活习性。凤凰不折生草，不啄活虫，不群居，不乱翔，非竹笋不食，非清泉不饮，非梧桐不栖。要修行成这样一只神鸟，实在匪夷所思。因此，在古代，凤凰与龙、麒麟、龟被合称为"四灵"，一直延续到现在，成为中国人最喜爱的吉祥物之一。

锦鸡桂枝 锦鸡不是杜撰的，是非常漂亮的鸟类，而且是国家级重点保护动物，它平时就在桃源村四周的密林间飞舞。锦鸡体形不大，毛发华丽，也被赋予了权力、荣耀与富贵的象征意义。因为锦鸡生长在奇峰怪石与丛林之间，所以又象征着生命力旺盛。在国画中，花鸟题材很多用锦鸡，画家最后题款"锦上添花"或者"锦绣前程"等，用来表达对收藏者的祝福。

锦鸡荷莲 荷花鲜艳，莲蓬多籽。锦鸡与荷花莲蓬的组合，寓意家庭和美、子嗣兴旺。"荷"谐音"和"，"莲"谐音"怜"，"籽"谐音"子"，锦鸡图画不言而喻。

写意·山野

古人喜欢通过谐音，讨得口彩，谋求吉利。

龙凤呈祥　在祠堂门廊的柱础石侧面，可爱的卡通"龙"出现了。有祥云，有火轮，还有一只不显眼的凤凰，伴飞于龙的下方。龙凤呈祥的寓意就这样低调地表达了。雕刻者在有限的空间内，要表达的元素实在太丰富。

太平有象　依然是卡通版的石雕艺术。在中国传统文化里，"象"与"祥"字谐音，故象被赋予太平吉祥的寓意。人们用各种表现手法演绎大象的神奇，如象驮宝瓶，寓意"太平有象"；象驮插戟，寓意"太平吉祥"；象载孩童，寓意"子孙吉祥"；象驮如意或象鼻卷成如意状，预示着"吉祥如意"。大象被赋予的期望值太高、太多。

狮身人面像　在桃源祠堂的柱础侧面，蹲下或者趴在地上，可以欣赏到卡通版的狮身人面像，非常罕见的造型。狮子以凶神面相为祠堂驱邪挡煞，守护平安，但是眼神中又含慈祥，让人爱戴。

花开如桂　花开如桂，双双对对。祠堂石雕要展示的，还有对家庭的祝福。祠堂不仅需要集体的理性，也关注个体的感性。桃源祠堂，在传承中思考着自己的功能，在时代进程中开启族人的心性。

鱼精昌盛 依然需要伏在地面上，才能欣赏到这幅呆萌可爱的鱼精画，虽已剥裂，灵性尚可辨析。在医疗条件有限、生存环境恶劣的农业社会时代，族人对子孙繁衍的要求最为迫

切。不仅要人口，还要有人才，于是鱼精被赋予了特殊的神力。传说，鱼精在水为鱼，子嗣兴旺；脱水为龙，扶摇直上。所以鱼精又蕴含了人们对"多子多福""望子成龙"的希冀。

蟾宫折桂 在科举时代，学而优则仕。徽州人有一个传统，但凡家中生子，定要在院落种上一棵桂花树。等到孩子长大，围绕蟾宫折桂的美好愿望，在孩子考试之年，家中亲友会用桂花、米粉蒸成发糕，称为"广寒糕"，相互赠送，图个"广寒高中"的吉利。

民国以前的宗法社会，人们相信超自然的力量，笃信万物有灵。一个故事、一个传说、一句偶然的吉祥祝福，便能赋予族人积极的力量。世世代代，桃源古祠，珍藏了无数蟾宫折桂的梦想，让家族士子成为家国栋梁和民族脊梁，驰骋在五湖四海，并引领自己乃至家族，冲破桎梏，走向更为广阔、更为光明的未来。

被尘封半个世纪的祠堂大门再度被开启，乡村的荣耀分外鲜明。

写意·山野

桃源古巷私语

  桃源古村只有一条主街，但是，我们走着走着就迷路了。因为村内还有多条小巷，忽宽忽窄、曲曲弯弯，迷乱着视线。

  小巷空落，只用光、影、宁静与足音作为行人冗长的陪伴。

  这种冗长，累积着小巷人家千百年的故事，等候你回望、驻足、探询，然后让你拿起一条凳子，坐在老人身边，静静地听着古老的故事。

从陈氏家族迁入的第一天起，小巷就成了见证者，无声而静默。无论古今，小巷是一个有着特殊寄托的时空。即便在最繁华的城市，小巷也守候在大街的两旁，将街道侧面分割成一条条静谧而可以私语的小道。无论是富贵还是贫困，无论是苦痛还是欢悦，小巷一律给予同样的包容与抚慰。桃源村小，街小，巷弄更小，因此桃源的古巷似乎更为温馨。

老人从巷内走出，时光变得安详。古村空寂，因年轻人大多在外谋生，让乡村有些许苍老的迹象。民国以来，人口可以自由迁徙，在国民意识中，对城乡的生活选择没有差别。乡村与城市一样，活跃着士、农、工、商的身影。农村有作坊，算是"手工业"，农村有私塾，算是"传统教育"，孩子在奶奶、外婆、妈妈以及三姑四姨的怀抱里长大，算是有"小学中心"。因此，古巷不算太寂寞，农人牧归，匠人吆喝，孩童读书，村妇洗衣，来来往往，川流不息。尤其在黄昏时分，家家炊烟袅袅，老少托着饭碗串门，少长咸集，家长里短，让巷弄变得更为生动。

现在桃源村中最会讲故事的人，当数陈敦和老先生。如果气氛好，他一个晚上会讲很多故事。在夏季的古巷里，人们一边乘凉，一边望月，一边听故事。《恭信岭

五十步》的故事十分悲壮，《火炮戏》的结局人神共欢，《石船塘》教化处事之道，警醒世人，最激动人心的是听《陈添祥智惩严世蕃》，它讲述了祖上爱憎分明的事迹，令人荡气回肠。

　　古巷十分可爱，总能一味"奉承"行人的喜好：若聚众哗然而过，小巷会放大喧哗；若低眉悄然而行，小巷则保持沉默。古巷也严肃，如果睡懒觉，牛羊出村的脚步会无情地踩碎你的梦乡；如果夜读倦怠，邻家清亮的诵读声则让你重新振作。所以，小巷的群居时代，生活给予的哲思似乎是同样的：学会幽默，学会勤奋，学会独处，学会追求。桃源古巷具有魔力。

　　桃源雅士程家麟有诗歌咏道："桃源村落风光好，陈氏安居数百年。古宅环集高墙列，宽窄街巷青石坚。"历代祖先对乡村的设计是以千秋功业为己任，小巷依然完好的青石板路以及村落至今流畅的排水系统是对前人无言的礼赞。三岔路口，小巷深深，温暖的阳光投进去，静谧安详。 在和平的时代，探险活动重新兴起，去桃源，这里还有很多谜团，如水底仙洞、仙人履迹、玉印涵潭等，桃源人喜欢在古巷内悄声探询着这些秘密。

桃源旧巷容易让人怀古，想起一首唐诗："开园过水到郊居，共引家童拾野蔬。高树夕阳连古巷，菊花梨叶满荒渠。秋山近处行过寺，夜雨寒时起读书。帝里诸亲别来久，岂知王粲爱樵渔。"这里写的是秋季的乡居与古巷印象。在桃源人的历史记载中，隐居情节从来没有消失过。徽州地处偏僻，人生不易，八千里路云和月，家在心头，情在深处。

巷，农业时代最温馨、最甜蜜、最难以排遣的典型空间，巷弄虽然在城市也有，也能赋予些微的温暖，但是情境比起乡村，显得要压抑一些，成为高楼大厦之间残留的缝隙。当新的大厦建成，把天空推向遥远的时候，我们才知道，古巷是那么亲切，亲切得让天空很低，让传说很近，让神话天真而甜蜜。

留在桃源古巷，不妨用劳作的方式。乡亲们正在计划重修老屋与老祠堂，他们已经意识到旅游时代的到来。桃源古村落年轻的一代已经出去了，但是更多的游客将要来了。"我们挺怀念20世纪50年代到80年代，虽然穷一点、劳动多一点，但是家人团聚，家还像一个传统意义的家。" 这是老人的想法。"我们需要梦想。在城市，即便不能功成名就，我们

也曾奋斗过。"这是年轻人的回答。古巷没有意见。古巷这样想："无论互联网、3D打印、VR、远程教育等在形式上如何变化，总有一天，孩子们的传统教育还会回到古巷里。网络进步，族人返乡，家人团圆，大家生活在一起，工作在一起，结束千百年来聚少离多的宿命。乡村没有交通堵塞，更没有要命的雾霾。"

一千多年前，唐代诗人朱庆馀这样描述过古巷："古巷戟门谁旧宅，早曾闻说属官家。更无新燕来巢屋，唯有闲人去看花。空厩欲摧尘满枥，小池初涸草侵沙。荣华事歇皆如此，立马踟蹰到日斜。"古巷期待人们以参悟的心境，以旅行的心情，回到原野，回到生态，回到故乡，回到她的怀抱。

其实，早该来桃源人家了，听一听古巷私语。

沿秋浦河进徽州祁门

徒步冯家顶

　　梦里的冯家顶是在仙寓岭山坳里的一方山寨，人们落居在山坡上，老松横卧，翠竹连环，玉米依坡次第生长。

　　茶园绕冈，溪漱茗香，云散云合，日起日落，成为山民逸事，千古流传。尤其是有关仙寓山的神话传说，让冯家顶也成为传说中的外传。

写意·山野

冯家顶人有一种令人敬仰的品格，不多的十几户人家，能够在陡峭的高坡上开出一条大道来，宛若哈达，蜿蜒着从云端落下，盘旋在峡谷里，让散落的农家变成飘带上的玉珠。因为大路带来的便利，冯家顶逐渐热闹起来，让山外的游客流连忘返。

我们今天也是慕名而来，中午从屯溪出发，下午两点抵达冯家顶山脚下的红旗村。当我们要上土路时，下小雨了，细雨霏霏。飘入嘴唇的雨滴，有一股砂糖般的甜味。前一日的夜雨，已经让道路变得松软。在雨中行，能看见山果和野花上挂着水珠，它们充满灵气。群鸟在大山里啼鸣，让行走有一种旋律。

这一次户外旅行，让孩子们一起随行。他们冲锋在前，少了在家中的娇弱。他们在大人的前方奔跑着，忽近忽远、若隐若现，我们永远无法赶上。独立、快乐、冒险、争先的天性展现在道路上。他们一会儿用竹子在路上设下障碍，一会儿用石头堆出图形，还能在辛苦的行进中坐在田埂上玩起了电脑。看见我们即将靠近，他们才关上电脑，再次消失在我们的视野里。如此反复，他们以胜利者的优越感轻快地飞跑。

我喜欢孩子们的笑声，哪怕是戏谑的嘲弄，都是消除旅途疲劳的灵丹。来自孩子们心灵的天真，带给父母纯净的灵魂世界，让我们如同穿行在返璞归真的时光隧道里。

所以我们要感谢孩子们，因为他们的陪伴，生命充满快乐，旅途更有意义。在乡村徒步的过程中一起去经历一种不同的人生，在平常岁月里发现自己、反省自己。在修正中自觉地前进，从而使自己和身边的一切变得宝贵。

晚餐的时间，我们赶到了冯家顶最高的一户人家。刚进屋，大雨倾盆而下，雨声潇潇，覆盖了所有的声息。我们突然傻了，一时愣神，便呆坐在门前，只顾听起雨来。山里的雨点很大，雨丝密集，把视野全部屏蔽，只留下灰蒙蒙的幕布和轰响的雨声。

不久孩子们回过神来，三个多小时的徒步，似乎让他们的想象力更加丰富了，依旧沉浸在各种莫名其妙的乐趣里。这些乐趣藏在手机中、电脑里、角落间以及只有他们知道的默契里。

冯家顶山民的历史可以追溯到宋代，他们的祖先是开山辟荒的棚民，从安庆地区移民而来，聚族而居。山民很爱干净，我们居住的冯玉祥家里，大堂的瓷砖地面被擦拭得光洁可鉴。大堂内有一张圆桌、一条长椅，还有一炉火盆，减少了大雨带来的寒意。深秋，在运动以后，人一歇息下来，汗便凉了，在海拔700多米的山上人家，寒气更甚，这时火盆尤其宝贵。

冯玉祥家的晚餐很丰盛，各种高山土菜摆了一桌，我们拿出自己背来的酒佐餐。在寒凉的风雨黄昏，有酒有菜，还有一炉火盆，氛围顿时热闹起来。一桌十一人，三个孩子在抢吃，八个大人在劝喝，孩子

写意·山野

少了娇气,大人少了斯文。

　　大山里,天一黑下来,就伸手不见五指。晚上七点,雨越下越大,山风也越来越强劲,风雨互相配合,刮打在门窗间和瓦檐上,发出一种奇怪的声音,让人发怵。这时候人就思念被窝,想蒙头而睡。

　　在深夜,我只好一个人躺在堂前的长椅上,在暖烘烘的火盆旁,把自己蒙在睡袋里,梦想着自己的童话。

徽州婺源

写意·山野

徽州的花季

春天来了。

浩瀚的新安江,是徽州子民的母亲河,带来了可亲、可敬、可畏而神秘的生命本源,让万物勃发,百花齐放,气象万千。

春天,新安江水孕育、滋润着的花季徽州,令人沉迷而陶醉。

春雨初始，江面上总漂浮着一层轻薄的水雾，如同洁白的轻纱。雨期一长，陡然增温，水雾便会变得浓密。水雾沿河谷飘荡、上升、翻滚，将古村落与马头墙淹没，形成一幅幅生动的山水画。春天的江水初始在春雨里显得澄碧而幽静，宛若翡翠。春雨越来越密集后，江水逐渐转为青黄，直至浑浊，水势也变得雄浑而威猛。山洪暴发时，江水摧枯拉朽，会发出摄魂夺魄的咆哮，令天地撼动。

花季来临时，虽然江畔还镀着去年冬天的残黄，但是鲜艳的春光依然分明。花香两岸，草色漫坡，肃穆的森林透出了黄绿的嫩芽，伸展在天空下，晶莹剔透。江湾里不时会出现被冷落在一旁的破旧木船，维系着江水的记忆。

春天来了，寂静的山野突然人头攒动。而这田园牧歌般的乡村在视野尽头，依旧是一个辛劳的世界。该犁田了，该播种了，该订购化肥与农药了。行走在乡间，看农人出门，看黄狗奔跑，看群鸡啄食，看蚂蚁游行，看蚯蚓钻洞……春天，还原成最真实的影像，就是新一轮生活的开启。

田野围绕着村庄，房屋就建在湿漉漉的田边。春天一来，水汽就会从天井翻进家里，从门窗涌进家里，从墙壁渗进家里，明堂、卧室以及橱柜都是湿漉漉的。天空一放晴，

写意·山野

村庄各家各户晒出衣物，把村庄变成彩色的"贸易市场"。晴天的村庄里空荡荡的，农人大多出门抢时忙春耕去了，在田野里，能看见他们忙碌的身影。但是，这些身影大多已经动作缓慢，他们年纪一般都在60岁左右。现在，年轻人已经基本不下田了。

春天漫步在村庄里，穿行在峡谷间，攀附在山腰上，飘浮在天空中。油菜花盛开了，桃花绽放了，如同大幅的丝绸和小块的织锦，又如鲜艳的中堂画，愉悦着勤劳的人们。春花将你带到山的高处，蓝天就在眼前，视野无比高远。徽州人把村庄汇聚到哪里，春色就追随到哪里，春始终追随着勤劳的乡民们，在他们面前欢笑、舞蹈。夜晚，春怕乡民们看不见，便会把花香送到窗前，溢到床上，直至钻入他们的梦里。

在徽州，油菜花的花期有20多天。当花香溢满了整个乡村后，清明节便到了。

山谷逐渐热闹起来，乡人从五湖四海赶来，在花的世界里扫墓、祭祖、缅怀先人。但凡看见烟雾，就是家人在坟前燃烧纸钱。在花香四溢的田野里，人伦的温暖之光四下弥漫。

春季来徽州，去乡下吧。黑夜，居住在花的海洋里，安眠在春的心窝里。白日，看炊烟升起，与田间劳作的人们同回，徜徉在劳动的画卷中。这劳动的画卷是动人的，无论春光如何明媚，农人都难得片刻休闲；无论花香多么馥郁，耕者都无法停下犁田的脚步。春光贵如油，乡村在计算着春后的收成。

花季，徽州江水在叙说，田野在铺陈，山谷在流动，花色在敷染。万物新长，清明景深。花季在徽州，天地至美，耕者至美。

写意·山野

徽州婺源石城的云海时空

　　不畏艰辛，不畏风雨，天还没亮我们就爬到悬崖之上。饿着肚子，就是为了等候石城的这一缕曙光，这一片云山雾绕。

2014年11月22日凌晨，依旧是风雨交加的徽州石城，摄友一行闯入这片领地。睡眼惺忪之间，迷蒙的世界来到眼前。被曙光点燃的流云飘浮在村庄的上空，摄友一片惊呼，可以"长枪短炮"，更可以高高举起轻便的手机，对这片不再普通的浮云说，我爱你。

因为有云，有光，有对自己"艺术"的定位，所以今天早上站立在山冈上呼唤的人们，都有资格赞美自己为"艺术家"或者"摄影行为艺术家"。

其实今天早上看见的云海，大多是村民在村中央点燃茶籽壳而制造出的烟海。但是因为有趣、有意境、有"艺术"感觉，眼前的云卷云舒，似乎都是一种浪漫的情怀，符合了大家的心意。

我思考的是，马头墙里熟睡的人们现在有多少已经醒来，有多少正在窗前看我们；而马头墙外，又有多少人忙着点烟，多少人忙着指路，多少人昨夜忙着给摄影人在山顶占位置。一种相机时尚生活的兴起，让"艺术感"简单了，却让"幸福感"变得更加复杂了。今天早上，石城有点乱。

流云，或者说流烟，在继续飘浮。曙光穿越千年古树，直射在云

写意·山野

海深处的马头墙,天宫般的仙境呈现。我已然没有复杂的唏嘘,只有一颗简单的心,让自己过一把"行为艺术"或者"艺术"的瘾。

　　我拿不出什么来拯救您,我的摄友,今夜无眠。看着我拍摄过后储存满满的相机,我深情地将它揽在怀里。我总是情不自禁地要对我的摄友说,今天您拍了吗?

　　石城村在原徽州府婺源县西北的古坦乡境内,处在海拔800米左右的高山台地间,离黄山市区一小时五十分钟车程。村庄四周岩石环绕,状若城墙。危耸的"城墙"内,在村庄西北面,数百棵千年古树傲立排列,状若猛士。每棵古枫树的高度都在35米以上,巨幅的树冠罩在村庄的马头墙屋顶上空,给村庄遮阴挡风。石

城春天花开锦绣，香传山谷；秋季叶红如火，映衬黑瓦白墙，加上浮云缭绕，让村庄宛若仙境。枫树林中还有山樱花、楠木、红豆杉、榆树、糙叶树、青栲、槐树等，让石城更为生动。

遇到摄友，我总是要情不自禁地问道，今年您到石城拍了吗？

写意·山野

徽州的苍翠原野

　　夏季的徽州，是一个重峦叠翠的梦乡。一切这样悠然自得，宛若天外仙境。它似乎从来没有和外界联系过，是一个独立于尘嚣外的世界。

秧苗刚刚种下，田野铺展在河谷里，因为夏季天气炎热，正午时光，农人正在家中纳凉午睡，四周除了白亮的阳光，就是远处隐约的鸡鸣和狗吠声。浓艳欲滴的绿色，一团团、一块块地攒聚着、堆积着、融化着，使得夏季呈现出无限的生命力。

蓝天无比高远，白云闲适地挂在一边，这时候还看不出干旱的迹象，所以这样的湛蓝，在夏季闷热的天气里显得开阔而舒展。四周的高山也就偃息下来，没有了盘入云霄的气势，仿佛也是和这里的田园一样温和。

夏季漫步在这样的原野，是难得的享受，虽然阳光异常白亮，但决然不是城市的炙烤，而是田园特有的情怀。因为夏季的山风是懂得情意的，它们从峡谷涌出，像山涧的清泉一样凉爽，围绕着在田园中独步的你，让你从额头、背脊、裤腿里都能亲切地感觉到山风的凉意。等涌出的山风渐渐被阳光蒸热，

写意·山野

新的凉风又会从山谷里徐徐流出，再次让你长舒快意，意犹未尽。假如你还嫌不够，只要你长啸一声，呼呼的山风便会像无形的清泉和无形的丝雨，或环绕、或洒落、或嬉戏一般奔跑在你的身旁。

　　选择夏季的田园漫步，你呼吸着力量，呼吸着自然，呼吸着天地，呼吸着意境。山风是你的丝绸外褂，无边的绿色是你走不完的花园。你会不经意地邂逅无数的笑脸，还有童年的故事，在一个炎热的夏季，山风过后，邂逅回眸。

徽州婺源

徽州骑行风情

　　仲夏时分，在徽州骑行最好是在晴天。在这时候，乡村植被茂盛、郁郁葱葱。蜿蜒的小路都被树荫遮挡着，穿行其间，空气清凉，丝毫没有酷暑的闷热。

写意·山野

最幸运的是,乡村在夜间下过一场雨,第二天早晨,树荫下的山路便铺满了湿漉漉的落叶,车子从上面碾过去,宛若骑行在柔软的海绵上。而颠簸,便有了海浪的韵律感。沿途的田野里的稻穗上也挂满了水珠,晶莹透亮。这时候稻穗已经含浆,颜色青中带黄,一阵风吹过,稻浪翩舞,散发着即将丰收的甜美气息。

夏季的桑叶很鲜嫩,农人一早就在采摘。他们随身携带收音机,一边劳动,一边收听。骑行经过桑树林,茂密的绿荫里会不时传出黄梅调或者京剧。徽州种植蚕桑的历史悠久,一些深山老林里居然还有几百年的桑树。

夏季劳动,农人会随身携带水壶,因为山野的泉水含有钩端螺旋体等病菌,还有蚂蟥等。农人所带的水壶各种各样,有弧形的军用水壶,铝合金的;有圆柱形的旅行水壶,塑料的;还有已经用得发黑发亮的竹筒水壶;最高级的是保温的暖水瓶。他们将水壶挂在独轮车上,或者摩托车上,花花绿绿的,一起摆放在路边。

靠近中午,凉意渐消,天气慢慢变热、变闷,但当通过绿荫进入小巷,或者巧遇下坡时,风就像清凉的山泉扑面吹来,尤其是在下坡时风让汗水变成千道水线,流淌在身体四周。这时候胆子大的,就可以放开车把,伸出双手,敞开胸膛,一路高歌而"飞"。

骑车远行的最大品格就是忠诚,骑上车后,中途不再下车。这样的选择是一种特殊的享受,不流连夏日的西瓜地、古朴的古村落与凉亭茅舍,一直前进。一边骑行,一边摸出随身携带的干粮和水壶,一直骑到夜色深处。

天刚黑的时候,会遇到一些奇妙的景象。这一天经过婺源岭脚的一道山谷时,远方天空中突然电闪雷鸣,我们生怕会遇上暴雨,就急忙赶路,沿着隐约可见的灰色水泥路面俯冲。此时,我们已经骑行了6个多小时,身体十分疲惫,突然间下坡,一阵凉风吹来,神志猛然清醒,精神一振,狂啸而奔。刚一转弯,眼前突然出现一道奇特的光带,宛若银河一般,流动在黑魆魆的峡谷里,飘移过来,无限神奇。

光带很宽很长,荧光闪烁,刹车已经来不及,就一下子撞进了这片光芒里,一股奇特的香气扑面而来。从气味判断,我们意识到撞进了一群萤火虫里,惊扰了它们正在举办的一场盛大"舞会"。减速、减速,所幸,它们的飞行技巧很高,能轻易地避闪我们。近处的萤火虫环绕翻舞,如同焰火;而远处的,却如溪水,在安静地流淌。车子不自觉地停了,停在这场"舞会"的中央,看萤火虫在我们的眼前、身边及手心里自由地飞翔。宁静的光芒,编织着梦境般的幻影。

仲夏,骑着单车去约会大自然,是一种格调、一种情绪。速度随心,你可以慢慢逗留在绿野仙踪里,也可以狂飙突进在激情世界中。心仪的沉寂,或者心痛的怀想,只有单车懂你,并陪你去感知过去与未来。

写意·山野

徒步婺源大山深处水岚村

　　从四门到右龙，我们用了一个下午的时间徒步。

　　去婺源水岚村，右龙是必经之地。右龙位于江西省与安徽省的交界地，是新安江源头山谷里的一个千年古村落。当地人讲故事，一讲就讲到了唐朝。右龙古道边有一块石碑，上面刻了四个大字"徽州大路"，揭示了这个村庄曾经在大山里的重要作用。

徽州大路其实就是一条古石板路，宽1米到2米，在崇山峻岭中，曾经造福一方。现在，古道从右龙古村通到五龙尖隘口后，就被现在的省道柏油马路切断。面对马路，徽州大路已经成为"羊肠小道"，但历史的记忆无比厚重。我们就是来找寻这羊肠小道，在历史的时空隧道里，去寻访婺源水岚村。

老石板路穿过右龙村子、茶园和一片森林。村庄里人们在晒粮食；村边老妇在小溪边洗衣服；离村庄不远，一家老小在割稻子；附近山坡上，壮汉正在修整油茶树，白发老翁居然站在树枝上打香榧。边看边走，古道在有人迹的地方，似乎充满着诗情画意。一个半小时左右，我们抵达五龙尖隘口。这一段古道被马路覆盖了，我们要沿柏油路走一小段，约十分钟后，才能找到过去的路。我们沿着古道下坡，一个小时左右，到达汪胡村，也是古村庄。我们稍作停留，转道经过内石井村，即踏上了前往水岚村的古栈道。老乡说，这一段路已经荒弃多年了，平时除了上山劳动，一般没有人走。

写意·山野

　　走进这片崇山峻岭，发现有些路段已经长满青苔。四周太静了，但凡有点声响，都非常清晰，我们循声望去，轻易地发现了在坡地上劳动的人。一问，真巧，村民就是水岚村的，正在海拔700米高的油茶地里搭建茅屋。聊天时才知道，水岚村离这里还有一段路，采摘油茶籽的时候，往返不方便，所以要搭建简易房子，方便来去。在寂静空旷的山野里，有人说话是最幸福的事情。村民姓詹，是水岚村村主任，他一个劲儿地给我们递烟、端水。熊老师尝试着劳动，情不自禁地聊起他的知青生活。村主任的儿子非常壮实，一边听他父亲与我们聊天，一边做事，丝毫不影响劳动效率。

　　说着说着，汗就凉了下来。还有一段路，村主任建议我们先走，以便天黑前能赶到水岚村。村主任提醒说，水岚村目前没有饭店和旅社，到时候他忙完活，赶回去，请我们到他们家吃饭住宿。那种真挚的眼神，至今难忘。我们立刻起身，与村主任父子告别，再次回到石板路上，往水岚村出发。山野里又是一片空旷，水声、飞鸟声格外分明，漫漫长路，周遭寂静如蓝。

　　太阳快要落山时，我们转出了一道山谷。隔着山涧，对面一个小山村出现了。经过将近8个小时的徒步，我们终于在原始森林边缘又见到了人烟。这个村落就是水岚村。

　　村庄顺山坡而建，溪水穿村而过，人家分列在山涧两边。村头保留有水口，水口有汪公庙，用来祭祀徽州的"太阳神"汪华。汪公庙如今在婺源已经罕见，说明历史上这里依然是徽州文化的一部分。水口下游即峡谷，为东北—西南走向，长约2000米。峡谷幽深，悬崖陡峭；竹木茂密，藤蔓扶疏；空山飞瀑，野趣激扬。

位于村中央的祠堂飞檐十分耀眼。尽管经过"文化大革命"的洗劫，小小的水岚村还是保留住了三座完好的祠堂，分别为肇英堂、阳公祠和福生公祠。肇英堂最大，建于清代中期，三进两层，是水岚詹氏的统宗祠。肇英堂前南侧，在青石古道临水的一面，设有用石柱和大石板卯榫成的护栏，保留着明清时代徽州本土文化的特征，只是年久失修。

在水岚村东南角有一座法官庙。这里的法官是民间对礼忏、打醮道士的尊称。庙中供奉有本村詹氏的祖先万六公。据《詹氏宗谱》记载，此人是一位能呼风唤雨的仙

人，故又称"万六真人"。在教育蒙昧的时代，村民相信，可以通过仪式将神灵请下来帮助凡间。因此，法官庙成为村民祈雨、祈福求祥的场所。村民会定时聚资，择吉日延请道士，在庙内开设道场，诵经焚表，弘法布施，祈求阖村平安，消灾避祸。目前，这座古庙集体性质的祭祀活动已经停歇，偶尔村民会在这里祈祷在外务工的族人能够平安吉祥、事业有成。

"文公阙里出书生，处处苦读又勤耕。"在渔樵耕读的农业社会，水岚村勤勉科举的洪流中，士族为生存与尊严代代拼搏。在《詹氏宗谱》中，记载了水岚詹氏先辈为本族所做出的贡献。如乡饮9人、国学生24人、岁贡生3人、郡庠生1人、登仕郎6人、武庠生2人、敕封修职郎1人、贡生候选按察司知事邑庠生1人、候选县丞1人、军功六品2人、军功八品2人等。由此可见，水岚村在文风方面可以媲美徽州婺源县境其他的士族，如沱川理坑、甲路严田、桃溪坑头、鳙溪大畈以及考川等。

村内古屋大多有百年以上历史，雕饰朴素，规模不及平原地区的思溪、延村的商宅那样宏大，但参差错落的粉墙黛瓦与层层叠叠的马头墙依山势而变化，也一样煞为动人。古屋虽然对于学术研究有很高的价值，但是潮湿的居住环境，对于生活在里面的主人，在采光、舒适度方面还是有些欠缺。我们喜欢老屋，也希望村民住进新房。只是遗留在旁边的旧居，是否能够通过有效的保护留存下来？

水岚村四周的原始森林中，红豆杉科的香榧树，皆有千年左右的

树龄，最粗者围长有 4.5 米。因为交通不便，这些大树都被保留下来了。水岚村现在地处婺源西北部边缘山区，其西、北两面与景德镇市浮梁县接壤，距婺源县城紫阳镇 65 千米左右，位于婺水发源地。现全村人口只有 187 户 717 人。目前村子里的青壮年大多外出务工，主要流往浙江、福建、广东等地，留守的村民主要从事茶叶和油茶生产。

　　落日余晖中，村民陆续回来，村内开始热闹起来。倦鸟归巢，树林里也一片嘈杂。各种鸟儿争相宣述今日遇到的奇闻，都是高八度，学着村民的音高。一早出去干活的乡民经过一天山野的寂寞劳动，只要见人，不论远近，扯开嗓子就喊，让黄昏时的峡谷变成了天空下的剧院。村民们十分好客，纷纷邀我们去家里吃饭。因为交通闭塞，公路在 2008 年才开通，所以游客很少来，村子里找不到一处饭馆与客栈。好心的乡民只管说："不用操心，不用操心。"我们不操心，路上遇到赶回来的村主任父子，我们就在老詹家的厨房里，自己动手，准备起了晚餐。

　　我们一边与主人聊天，一边洗菜做饭。夜幕刚落，晚餐就全部备齐了。晚饭由晓风制作，全为素斋。我们边吃边向村民宣传素食的好处。尽管我觉得不搭调，但是这里面有熊老师和慧清居士的美意，只好随缘。与我们一起就餐的老詹，估计也与我一样，学着打哈哈，应承一下。

　　饭后，屋外已经漆黑。老詹的儿子詹佛宝走了进来，光着上身，腆着刚吃饱的圆肚子，黝黑的肩膀

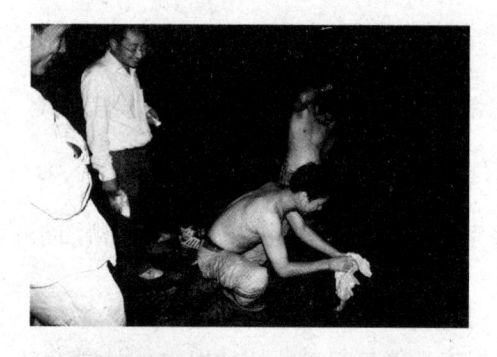

上搭了一块洁白的毛巾。他很有礼貌地与我们打过招呼后，说明了来意，邀请我们出去洗澡。我们随即收拾好饭碗，带上洗漱用品，就跟着他踏入夜色。外面伸手不见五指，詹佛宝打着手电筒，带我们沿着石板路走到溪涧高处的一湾水潭边。晚上气温很低，一路见詹佛宝打着赤膊，悠然行走，已经寒噤暗生。现在看詹佛宝跳进水池，怡然自得的样子，更加好奇，我们跃跃欲试。慧清紧跟着跳进了水池，但随即发出呀的一声，又蹦上了岸。熊老师伸手试水，也发出一声惊叹："好冷啊！"于是，剩下的人悻悻然，望着水里的詹佛宝，自叹不如，只好拿了毛巾，蜻蜓点水般洗一洗，算是完成了洗浴。

等到晚上休息时，发现我们入住的房间是主人家用来为儿子办喜事的，我们才觉得歉疚。因为今天没有洗澡，愧对了主人的盛情。一行5人分为2组，3人1组睡大床，住在布置好的、即将要用的新婚洞房里；2人1组睡楼上，是过去主人家小姐的阁楼。我们十分感动，村民的真情令人难忘。

夜谈素斋佛学，晓晖与晓骏老师躺在新娘床上，谈到凌晨2点方才安静下来。我夹在他们中间，乐闻善音，好不自在。深夜，室内鼾声灌耳，屋外犬吠深巷，一切似睡似醒、似真似幻，真是好一个人生如梦。

篁岭秋思

　　漫步篁岭，如同置身在绚烂的油画世界里，山谷间的颜色浓郁得如同泼彩，跳跃沸腾而奔放。

　　设计者对农耕时代的眷恋与向往，在徽州的小山谷里酣畅淋漓地演绎着，构成活灵活现的梦乡，让你行走在梦里，让梦绽放在当下。

即便篁岭已然真的成了道具,在万重大山之间、蓝天白云之下、高高的晒架光影里,我还是坚持选择在这道具上行走、留影,分享山风的快意。在这样如火焰般浓烈的怀旧时空里,乡愁是一种燃料,你只管让所有的记忆在这里燃烧。

马头墙成为篁岭古村落的文明符号,伸展在山坡上,挺拔在阳光下。在峡谷深处、四周群山里,马头墙展示着财富、知识、修养与社会阶层。在生产力落后的农业时代,马头墙是一方百姓的脸面与尊严。篁岭在高高的山冈上,渔樵耕读,书香传家。

秋日,柿子熟了,红彤彤地挂在屋檐下,与铺天盖地地晾晒在屋顶上的稻谷、玉米与菊花相呼应,让天空下的盛大表演沾染了生动的丰收气息,也让原本刻板庸俗的展示有了一点幽默的快乐。而因为快乐,眼前的乡村表演便显得无与伦比,让人无限怜惜。在我们的婆娑世界里,还有什么不可以宽待?尤其在美的世界,我们只有赞美。

演员都穿着一色、崭新的蓝布花衣，在堆满红辣椒、黄菊花与金色稻穗的院子里，不厌其烦地重复着农活动作。或做拣选状，或做搬运状，或做倾倒模样。每一个动作，都要表达出婉约与韵律，让摄影人与游客痴迷地拍摄。你不能否定其中的专注与唯美，你只有选择感动。

无声的舞台，装饰着秋日乡村的丰收主题，让每一位游客都成为主角，与演员一起互动、共鸣，仿佛天生默契。你演你的，我演我的。拍几张光影，权当作品，是摄影人的想法；拍几张手机图片，证明到此一游，是观光客的要求。至于演出的质量，在微信上收到点赞后，一切都变得完美。

乡村的灵魂应该是这样的，有愉快的集体生活与集体劳动，譬如旧时代的家族聚落，抑或是新社会的人民公社。有事没事，彼此嘘寒问暖；邻里走动，吃饭时捧个饭

写意·山野

碗走东串西。时不时弄出一些流言蜚语，偶尔有一些鸡飞狗跳，在鸡毛蒜皮的故事里演绎并传递着家长里短的温暖元素。

翻过大山进休宁

写意·山野

寂静呈村

　　沂源河从皖赣分界之浙岭沿峡谷奔流而下，千百年来冲刷堆积，营造了呈村圆满优美的弧形田园。

　　肥沃的土地，藏在再偏僻的山谷，徽州的山民也有本事找到。围坝、修田、建屋、繁衍，将荒地变为良田，将良田变为乐园。

这片乐园世代传承，到现在只维持在十几户人家，取名呈村。它依偎在月形的沙洲上，背依大山，前临小河。早晨，太阳从村庄背后的大山升起；黄昏，太阳从村庄对面的大山落下，照耀着这片山谷里稀疏的炊烟与孤单的小河。夜静月明时，好像这里就是世界的全部。

初春三月，油菜花开放着，成为大自然的金色花边。它环绕着灰黑色的马头墙、村户古旧的院落、门前小树以及蜿蜒的小路。花香弥漫在山坳里，传递着大地欢乐的味道。一切都在不经意间发生，于无声处带给路人惊喜。

梨花胆怯地伸出院墙，它哪里见过如此规模的金色花海？只能等忙碌的蜜蜂飞舞过来时，用自己的花粉换来一些村外的故事。梨花绽放时，村内的桃树还只含苞，花苞蜷在一起，等候春风的呼唤。而村边碧绿的茶树，嫩芽已经呈浅黄色，如同麻雀的舌尖，噙着露珠，被昨夜刚布下的蜘蛛网缠绕着，在晨晖里熠熠发光。

因为有大面积的圆形花海，呈村很快被宣传出去了。呈村的弧形沙洲被摄影家一拍，就变成了金色的月亮，在霞光的照耀下，成为徽

写意·山野

州大山里最美的"月官"。这是大自然的杰作，是人类无法想象的惊奇世界。于是春天里的呈村成为人们观赏自然风光的舞台，游人川流不息。

进入五月，油菜花的金色世界逐渐转换为黄绿色。游人散去，呈村恢复寂静，油菜籽就在这寂寞里逐渐成熟。慢慢地，月亮般的田园变成金色，不再鲜艳，却内敛祥和，匍匐在大地上，只待收割。丰收后，油菜籽被收集好，卖到作坊里，经过加工，就成了香喷喷、乌黑透亮的菜籽油。呈村人通常将菜籽油的一部分卖给城里的亲友，一部分留下来作为家用。然后，生活又进入另一场劳碌景象。

节气不等人。油菜收割完毕，就要灌水耕田，种植水稻。此时，呈村仿佛一幅巨大的圆镜，将天光云影、五光十色、晨曦暮霭等尽收在水田里，虚实莫辨。然后在这个世界里，童话慢慢生长。经过闪电、暴雨、雷鸣和烈日的洗礼后，童话逐渐长大，又变成一个金灿灿的世界，随即秋天就来了。

秋季到呈村，最美丽的邂逅是雨后初霁，河谷里升起一道鲜艳的彩虹，彩虹下是人们丰收的喜悦与忙碌的身影。山区里，割稻子依然靠镰刀，打稻穗才用半机械化机器，拖拉机只负责运输，成为最忙碌的助手。有小车进来了，年轻一代回家帮忙收割，梦幻般的童话场景随即被打破，呈村依然有现实的流动。

周而复始，油菜碧绿的时候，冬天来了。寒风毫无遮挡地从五股尖俯冲而下，沿着峡谷钻进呈村的小巷、门窗、瓦缝、墙隙，风声呼啸，寒气刺骨，毫不商量地让被窝冰凉、客厅湿冷、厨房的火苗没有暖意。呈村的寒冷出奇地难耐，只有在腊月，要过年了，出去工作与学习的孩子们回来了，呈村圆形的沙洲才显得敞亮而富有暖意。此时的太阳也似乎更用心，把沙洲搂起了，紧紧贴在心窝里。

峡谷间说下雪就下雪。雪后清晨，沙洲的圆弧如同一块面包，在朝阳的映射下，油光闪闪。你根本不愿意走进去，真想狠狠地咬上一口。然而，快乐的脚步很快将整个沙洲踩成线、踩成图，最后踩成缤纷的记忆。

呈村的美丽在于徽州移民历史上所追求的安静与优雅，在于徽州世代传承的创新与风俗。而呈村今日的影像，我只跟随了一个春、夏、秋、冬。

写意·山野

新安江源絮语

新安江打开了徽州的每一条峡谷，编纂着千家万户的传奇故事，见证变迁，传播文明，启悟着徽州人的魂灵。新安江，是哺育徽州的母亲河。

新安江正源自皖赣分界的六股尖。大山深处，山峰陡峭，常年暴发山洪。洪水退去后，山沟里的河滩会逐渐变得清浅，细小的鹅卵石带着美丽的花纹，巨大的青石揭示着事物在大自然演变过程中的节奏与旋律。

六股尖高耸入云，有古道穿越而过。沿古道进入村庄时，会经过一小段青石板防护墙。据考证说，这段石墙的历史要追溯到宋朝。古道穿过村落，铺进茶园，还要绕行一小片原始森林，最后到达山尖隘口、休宁与江西浮梁县境的交界处。

旧日的徽州人来来去去，为了生计，靠步行磨平、磨亮了这条古道。直至今日，走在光滑、长满青苔的石板路上，依然感觉厚重。过去，这一带山里的徽州人如果从西南方向出去，就要翻山越岭，沿古道进入江西鄱阳湖流域，入长江，奔向大海。如果从东北方向出去，便顺着溪流，回休宁，下屯溪，汇歙县，活动在钱塘江流域，通过新安江，到达杭州，面向东海。

新安江从六股尖开始一路往东北奔流，到达歙县深渡码头后，便告别徽州峡谷，进入了浙江境内。在徽州峡谷内，每年除了汛期，江水总是很清澈，倒映着两岸的村庄、

写意·山野

果林以及茶园。在中国的大江大河断水、缺水、污染日益严重的严峻现实下,新安江被徽州人护理得清澈纯净。

  沿江的村庄面貌古朴,节俭的村民用杉树皮将整个建筑的四面墙壁包裹起来,以防止雨水的冲刷侵蚀。远远望去,村庄如同树皮屋。村庄里的人们,世世代代喝着新安江的源头水,名人辈出,传承着徽州人的质朴、坚毅、勤劳与智慧。

  不经意间走进一户人家,一束光从天井投射进来,照在板壁窗格上随意搭放的几件日用品上,一顶草帽、一把雨伞,还是一把雨伞,让平常的岁月变得生动起来。徽州人的风风雨雨,世世代代的阴晴寒暑、酸甜苦辣,被几件不同时期的雨具和草帽诠释了。

  从晋太康元年(280)到南朝时期,现黄山市(古徽州)历史上连续两百八十二

年被称为"新安郡",后来隋朝时期又有十五年再被称为"新安郡"。由此,新安郡的名称在徽州历史上被使用过两百九十七年。新安江的命名因此而来,延续至今。作为黄山人(或徽州人)的母亲河,新安江的名字已经有一千七百多年的历史了。虽然地名历经"歙州""徽州"等的变更,但江水恒称"新安",含永新安定之意,吉祥而响亮。

写意·山野

"非典"之年,春访阳台村

　　突然从某一天开始,茶道盛行,似乎一切都很热闹,你根本没有时间反应,茶就公然代表了某种财富和身份。

　　非彼茶不喝,非彼品牌不饮,非彼器所盛不举,非某名人所藏不购。

在城市，风行茶道、茶文化、茶哲学、茶禅、茶艺表演，在乡下，我们只留意茶的生长环境，注重喝茶人的安全。然而，我喜欢喝好茶。穿山越岭，涉涧入云，在徽州大好山水遍尝茶味，居然一乐有几十载，风云易逝而茶趣益增。

喝茶已然成为一种时尚。2003年3月下旬，正值"非典"时期。我与晓晖老弟心血来潮，这天一早，我骑着时尚的新款山地车，晓晖骑着破旧的老款自行车，一起去阳台村收茶了。

因为"非典"，一路上盘查非常严格。所幸我们是当地人，骑车进山，证件齐全，没有受到太多干扰。边骑边采风，在黄昏时分，我们顺利到达了位于休宁高山上的阳台村。当我们骑行近40千米的公路与山道，精疲力竭时，见到电话里联系过的老郑，人非常亲切，就在他家住下了。老郑为我们沏上了一杯新茶，端过来时，空气里有一股兰香在漫溢，令人神清气爽。品了新茶，稍作休息，便让老郑带我们去了茶厂。

茶厂其实就是一户人家，几列制茶的机器摆放在徽式老屋的院子和厅堂内。茶香浮动，人影涌动。收鲜叶，做茶叶，买茶叶，报账目，人声嘈杂。徽州老房子门小，人进人出，十分拥挤。我最为佩服的是在这种喧闹当中练就的从容淡定。一个人称重，一个人评定等级，一个人记账，乱中有序。刚采摘下来的鲜嫩茶芽，带着金银花、兰花、板栗花等的甜香，称好后就被倒在地面上。茶叶一出篓，院落里顿时就掀起一阵香浪，

沁人心脾。厂长说："今天天气好、茶好，晚上加个班，明早茶叶可以卖个好价。"

夜晚降临，茶厂灯火通明。我和晓晖守候在自己订制的几列烘干机前。因为要用炭炉烘焙，就要讲究木炭本身的质量，防止出烟；要讲究盖灰的深浅，保持恰到好处的温度。每一炉茶都是手工制作，人力盯护的。因为涉及制茶的专业技术，一般人不能替代，技术员倍加辛苦、整夜工作，眼睛里布满了血丝。

我们坐在老郑和技术员的旁边，一边喝茶提神，一边聊天。老郑说："阳台村是一个很老的村子，祖上在明朝时期就来到了这里，你们看这祠堂的规模就能感觉到。但是，阳台村已经被列入地质灾害村，用不了几年，可能就要拆迁了。"说到这里，老郑有一些落寞，"山下好是好，但是，这里是老家，住惯了，突然没了，心里就空了。"

技术员凑过来说话，缓和伤感的气氛，说："我们这里的茶好哇，不打农药、不下化肥，茶园里都是各种野花，所以茶叶很香甜。你们运气好，一边旅游，一边可以买到最划算的好茶。"我们连忙表示感谢，并建议他们一旦要迁村庄，今后就可以成立旅游公司，把茶叶与古村落旅游结合起来。

夜早已过半，山里春寒料峭，居然冷起来。老郑说："你们先休息吧，茶会保质保量给你们弄好的。"我们的心思被道破，觉得自己太小气，有些难为情，赶紧起身，道谢后回屋，爬到老郑家的阁楼上睡觉去了。

第二天一早，我们就被鸟声唤醒，朝阳穿过木格窗，照在房间里的杉木板壁上，漾起暖暖的金黄。我们起床下楼，一到厅堂，就看见摆在八仙桌上的两大袋茶叶。一问，果然是我们订购的新茶，便赶紧用老郑家的瓷缸装了一小撮，走到一旁的炉灶边，端起炉上冒着热气的铜壶，将滚烫的开水沏进了茶缸，一股清香立即弥漫开来，让人立刻觉得春意满堂。好茶好茶！坐在一边默默无声的老郑与我们一齐笑了。

洗漱过后，我们围坐在老郑家堂前煤炉上的一口热气腾腾的铁锅旁，开始吃早餐。锅内依然是昨日熬炖的浓汤，散发着腊肉的味道与竹笋的清香。老郑说，昨夜风大，

又有很多嫩竹笋的苗头被刮断了，从茶厂回家的路上，顺便拐到竹林里捡了一些，配上昨天没吃完的腊肉一起煮，让我们再尝尝用老汤炖鲜笋的滋味。我从大锅里夹出一根煮熟了的笋子，其实就是剥了皮的嫩竹尖，轻轻一咬，汤汁满口，竹香四溢。老郑使劲劝我们吃，见我们欣喜的表情，他露出洁白的牙齿，开心地大笑。吃腊肉，喝笋汤，配大馍、稀饭，至今难忘。

老郑说，从春节前开始，到立夏前后，将近3个月的时间，他们就是这样吃的。几块腊肉、一锅泉水，先配冬笋煮，然后是春笋，再是竹苗和笋衣，边煮边吃。铁锅不需换洗，汤越熬越浓，竹笋顿顿新鲜。腊肉块头很大，平常并不吃，是用来提味的。所以炖着炖着，腊肉就化了，入口仿佛豆腐一般。山里走一圈都是菜，炉里填两把火不需要熄。味淡了，切几块腊肉，往锅里一扔；汤少了，加几瓢泉水，又是一番新滋味。春季采茶、制茶、卖茶、春耕、春种，实在太忙，饿了，随时想吃，随时就揭锅盖，老汤复新味，岂一个"妙"字了得？

去阳台村买茶，有很多奇遇，这里就不一一尽述。如果有心，尽管来约，不妨再度探奇。好茶，配好山水，佐好故事，过好生活，才算完好的茶道。

翻过大山进休宁

木梨碘仲夏夜之梦

这是一个不愿意醒来的梦乡。在高高的山巅上,微风如水,轻轻地摇晃着梦中的摇篮。

徽州的大山深处,那里是心灵最眷恋的地方。

山冈的夜色，黑而透亮，让梦中人始终清醒着。在仲夏夜，村庄已经睡去，我在村庄的梦乡里逡巡。

已经是子夜时分，同时清醒的不止我，还有老杨。我们一起轻声起床，背上行囊，踱出了八仙家客栈。一阵清风扑面而来，带着冰凉的露气，还有山间野果的甜香。

天边有一片隐隐闪亮、呈带状分布的星群，仿若镶嵌了钻石的纱巾，给山里的夜空带来了绮丽。离星群偏远一点，夜色要深暗一些，只有一两颗硕大的星点，有点寂寞。我们决定去山冈高处陪伴它们。

借助手电，沿着羊肠小道，我们来到山冈上刚才星光停泊的地方。但此时，星光已经杳然远去，只留下一处凉亭，能让我们在这里栖息，分享山谷的深邃时空。

我们在夜色里眺望一处高山村寨，村寨的名字叫木梨硔，是一个有四百多年历史的古村落。古村落排列在山脊上，马头墙在星空下投下寂寞的剪影。群山绵延中，木梨硔成为在视野中唯一能见到人烟的地方，似乎与外界隔绝。据村中老人说，先辈就是为了找寻一处世外桃源，才在明朝嘉靖年间从婺源来到了这里。

木梨硔所处的山脊处，原先是徽州古道的必经之地。起初为方便过客上岭后休息，造有茶亭，后被木梨硔先辈看中，来山中守亭，开垦山地，逐渐繁衍。山民勤劳，子嗣旺盛。村庄规模最大时，村民一度有上千人。平静安逸的桃花源世界在清朝末年被打破，灾难来了。

村中八仙客栈的詹老师曾带我走进木梨硔村头的祠堂废墟。他端着一截祠堂的木料给我看，上面有依稀可辨的字迹。詹老师说："听老人讲，原先的祠堂规模好大，可以同时容纳几百人进祠朝拜。唉，被太平军毁了。"

深夜，我们坐在凉亭里聊天，兴致起来，哗然大笑，沉默的时候，只有吸烟的声音。夜色中的聚谈，仿佛也是一场梦，没有逻辑，但很温馨。大家之所以能坐到一起，只为一个心愿——拍到明天早上的"木梨硔日出"。那是相当壮观的景象：金色的村庄，云雾环绕，远山、近树，还有炊烟。那是一种无与伦比的桃花源情结，不拍到，绝不回家。

这就是乡村的仲夏夜。所幸最后在日出时分，等来了一个透亮的、金色的早晨，有灯光，有云，有马头墙，有老树昏鸦，还有农夫牵着老牛从天街上走过。参天大树就屹立在村头，仿佛是早晨所有光影的导演。我们在山冈上，从子夜到清晨，成为梦想的塑造者。我们守候了6个多小时，一夜没睡。原来摄影可以这样生活化，在安静中流动着狂野与天真的情绪。

凉亭其实是一处观景台，原先只有我和老

写意·山野

杨等四个人，立了三脚架待在这里。天色微亮时，突然就从竹林小径里传来一阵喧哗，来了一群摄影者。他们伛偻提携、南腔北调，吆喝着，打破了木梨硔峡谷的桃源梦。我们突然呆立着，面面相觑。

都说是来创作的，是来追求艺术的，于是争啊、挤啊，为了艺术的瞬间，最后将我们压缩在很难动弹的空间里。为了一张照片，我们还得努力屏住呼吸。在所有凑过来的镜头后，还有各种"口气"，这些成为一种特殊的"毒药"，让人失去记忆。

艺术真是可爱。老杨说，我们既然也是为了艺术而来，那么我们现在所要做的，就是要为艺术献身。梦醒了。这是我们在木梨硔度过的仲夏之夜，一切似乎都如愿以偿。木梨硔，一个峡谷里开满梨花的高山村寨，我们却在夏季与它相遇，相遇在仲夏的夜晚。

翻过大山进休宁

秋季的鬲山田园

　　在收割的季节，乡村虽然繁忙，但是天高云淡、秋高气爽，依然传递着宁静祥和的气氛。鬲山在屯溪郊区，虽然离屯溪只有10分钟左右的车程，但是到了秋季，田野变得细腻、丰盛、五彩缤纷而富有生机。

写意·山野

稻田里一片金色。风吹稻浪，你仿佛能体味到稻穗起伏时的喜悦心情。农人一边收割，一边谈笑着，忙碌的田野充满人间欢乐。山上零散地种着棉花，秆子已经发红，叶子枯黄，点点白球被托举在天空下，十分耀眼。青黄色的芝麻秸秆已经被拔了出来，扎成了捆，正立在地里晾晒。玉米一部分只剩下枯秆，茫然地立在风中；而另一部分却郁郁葱葱，还在抽穗。鬲山的秋天可以同时吃到两个品种的玉米。早熟的玉米磨成粉，做成玉米饼吃，香脆甜酥；晚熟的趁着新鲜就可以采下，放到铁锅里煮熟，吃起来甜嫩清新。玉米是鬲山人在秋天最美味的零食，随时想吃，随时采摘。

田间地头，房前屋后，但凡能用的土地，农人都不会浪费。农村有一句谚语，叫"人勤地不懒"。红薯藤毫无顾忌地趴在地上，扁豆密集地往藩篱上攀挂，短的四季豆透着新绿，长的豇豆清一色地挂在竹架上。

鬲山村子里有很多柿子树，几乎家家都种。柿子树最好种，也最实用。夏季，柿子树枝叶繁茂，可以遮阴；秋季，柿子熟了，满树通红，产量巨大。新鲜的柿子吃不完，可以提进城卖掉，或者送亲友尝鲜。实在吃不完，就做成柿子饼，当零食充饥。柿子树有很高的药用价值，叶子可以抗菌、消炎、活血、降压、降脂，甚至抗癌。柿子叶晒干后，泡茶饮用，有安神保健、美容祛斑、清洁和滋润皮肤的功效。眼前，柿子树的叶子已经落了，红彤彤的柿子突显出来了，宛若一串串红灯笼。

鬲山有很多板栗树。刮风时，板栗树哗哗作响，板栗果就被震动到爆裂，板栗油光滑亮地跳出来，躺在树下的枯叶上等待捡拾。板栗是"千果之王"，含有淀粉、蛋白质、维生素等多种营养元素，是富有营养的良药。板栗主要用于养胃健脾、补肾强筋，在滋补方面，可与人参、黄芪、当归等媲美，可以缓解反胃、吐血、腰膝酸软、便血等症状。板栗中含有核黄素，常吃板栗对日久难愈的小儿口舌生疮和成人口腔溃疡有显著疗效。板栗还可促进皮肤、指甲、毛发的正常生长，提高视力，减轻眼睛疲劳感。

乡村的快乐很奇妙。农家一丰收，麻雀、乌鸦、燕子都来了。还有白鹭，也停在屋宇旁边的电线上，盘旋在晒谷场周边的上空。燕雀来时，往往成群结队，这边偷袭，那边骚扰。它们食量过大，让农家发愁，明明知道这是一帮"有福同享"的邻居，但因它们是飞客，农家却也无可奈何。白鹭讨人喜欢，一般单兵行动，或者双双而来，且大多时间是在丰收过后的田野里搜寻，偶尔才停驻晒场。白鹭时飞时落，优美的舞姿让农家不忍驱赶，成为田园中吉祥的象征。

秋季收割阶段，水牛要悠闲一些。水牛沉没在水塘里，嬉戏休憩，与自己的幼犊分享着秋阳的温暖和秋水的清凉。现在，水牛遥望着无垠的大地，它知道自己的忙碌时刻即将来临。

在鬲山，社会主义新农村的理想就画在农家的墙壁上。三十多年过去了，乡村从来没有放弃过理想，依然盼望着在不远的将来，乡村变成城市，过着没有城乡差别的日子。改革开放，这些理想，大家相信将

写意·山野

会实现。丰收的时节，乡村空巷，农人在田野里，但小巷依旧温暖。

鬲山的田野尽头远远站立着白杨树，秋季树叶褪尽后，树干越发洁白，更加挺拔，耸向蓝天。鬲山群山绵延，遍植松树，秋季依然满眼苍翠，环绕着万顷大山，让乡村充满生机。

鬲山紧挨屯溪，虽咫尺之遥，却带有浓浓的乡村气息。我不知道城市化何时到达这里，不知道田野里四周弥漫的清香还能延续多久。我喜欢这样的鬲山，路是软软的，空气是清新的，秋阳环护，万物安详，让人只想歌唱。

翻过大山进休宁

雪舞鹤城

  2016年1月23日，黄山市天气预报称将有暴风雪。但是，因为市民久违了冬季飘雪的景象，对这种天气居然毫不担心，甚至还隐含着对暴风雪的期盼，以期满足内心的浪漫情愫。

  因为这种思量，一行摄影人决定，依然在这一天前往鹤城大山深处，探寻乡村风情。

写意·山野

当日清晨，一觉醒来，似乎有一些失望。因为暴风雪并没有如期而至，屯溪市区天气晴朗、蓝天白云。出屯溪，经渔亭，过流口，阳光一路上陪伴着我们。直到中午时分，进入鹤城乡时，才看见了白皑皑的积雪，铺在路旁的田野上。大山里，终于还是下雪了。

我们当晚入住的鹤城客栈刚好位于一处山口，似乎是阴晴世界的分界处。山口以南，白雪被阳光照耀着，是一种暖洋洋的艳阳天，并没有冬季的寒冷。但是离山口不远的偏北方向，深幽的峡谷里是另一番阴风怒号的景象，天昏地暗，令人心悸。从峡谷走出来的乡亲，浑身寒气，一进入山口的阳光地带，一个个长吁一声，如释重负。老乡说，峡谷里正在下雪。

大家放下行李，即刻拿了相机，就往峡谷方向疾奔。越走，天越暗，过峡谷时，风更紧，雪絮被裹挟着，砸到脸上，如针刺一般生疼。直到拐过一个弯，眼前方透出一点亮，随即豁然开朗。天光开启，雪花闪烁，漫天飞舞，在一片弧形的田园里优雅地旋转，正在演绎一场浪漫的传奇，如一场浩大的演出。

鹤城雪乡的奇妙在于隐匿，在于含蓄，在于绚丽，在于幽寂而高贵。它轻易不让人闯进，却又无限妩媚而仁慈，让人一见钟情，但望而

却步，迷幻中神志清醒，清晰中却是梦中的意境。

积雪越来越厚，我们缓慢地进入六股尖附近，看见一座无名烈士陵园静静地卧在雪地里。据记载，这是八十多年前的遥远的故事，也是在一个冬季。1935年2月，红军独立团一个营在转战六股尖时，突遇暴风雪，30多名红军战士饥寒交迫，被活活冻死，献出了宝贵的生命。今日的雪花，已然成为漫山遍野的祭奠，我们只有深深鞠躬，深深缅怀。下午4点10分，天边出现一道紫光，雪渐渐变小，烈士陵园与附近山野被映射得五彩斑斓。

雪积在茶树上，堆成一簇簇的雪花，环拥在陵园四周，正在孕育着春天的幼芽。天空逐渐清亮，我们捕捉到六股尖山脚下最安静、最温暖、最富有尊严的时光。

传说在远古时期，鹤城曾经是大面积的湿地，禽鸟栖息，群鹤飞翔。据地质学家考证，黄山一亿年前是恐龙的天堂。近年在休宁齐云山附近、屯溪区阳湖附近以及黄山区广阳乡附近不断发现的恐龙化石及恐龙蛋化石验证了黄山一度经历的侏罗纪世界。因此，鹤城一定曾是鹤的故乡。鹤城旧日的传说与今日的飞雪，让我们流连不已。

鹤城乡与江西省浮梁县相邻，森林茂密，茶园漫山，村落古朴。尤其在梅溪、

冯村与右龙等千年古村，依然留存着高大的马头墙。至今，黄土夯筑的瓦房以及青石板铺就的蜿蜒古道，维系着历史的记忆。而雪花相拥的陵园，成为有关历史记忆的最珍贵的图画。

第二天早晨，活动结束后，在离别鹤城时，北边峡谷里的雪花依然在飞舞，晴空将五色织入，漫天飞雪宛若千万只彩鹤在翱翔。驻足回望，鹤城雪乡的神秘时空，是一种无法描述的奇妙情境。欲以诗鸣，却无法达意；让人情生，却永无回音。

竹背后村的乡愁

竹背后村位于休宁商山乡西部，处于原县级主干道与新建休宁—五城—婺源公路的三岔路口，从屯溪出发，沿浮潭—朱村—芳干公路即可直达。

村庄距休宁县城海阳镇约6千米，离黄山市中心屯溪约14千米。

虽然网络上对这处村庄没有任何文字记录，但是现实世界的竹背后村村民正红红火火地忙碌着。

写意·山野

　　我们在春节前来到了竹背后村。在村口就能听见杀猪宰羊的动静,村子里一片嘈杂,十分热闹。村民们正在为迎接春节做准备,在辞旧迎新的祈福心愿中摆渡着自己的过去与未来。

　　虽然与城市相近,村庄依然停留在传统的记忆空间里。我们走进一户乡村人家,大门上方的门罩十分精致,显示着旧时的富庶,但是从院落里堆放的杂物来看,这片地方已经废弃了。想象乡村曾经有过的昌盛与喜庆,对比眼前的冷落与颓败,春节前的热闹仿佛是涂在苍老面孔上的一抹胭脂。

　　竹背后村过去的街面痕迹依稀可辨,虽店铺已经废弃了,门框残破,但街面的长度与店铺的规模能反映出竹背后村曾经有过的繁盛。村民说,竹背后村一度是当地相当重要的货物中转地,是县城通往乡村的重要的交通枢纽,方圆百里都有人来这里做生意。但是因为公路改道,交通不便,竹背后村就逐渐萧条了。文档缺失,记录寥寥,竹背后村逐渐被人们淡忘。

　　竹背后村原来有很多大户人家,屋宇宏伟,雕梁画栋,富丽堂皇。但是目前只剩下一家,在冬日寒冷的风雨中,空余梁柱。老屋内,但凡值钱的配件都被拆走了,只留下些残垣断壁。村内新的房子一律是新式的钢筋水泥,一律是乏味的方块盒子形状,

处处显示着廉价的新材料所带来的单薄与敷衍，再也没有旧日的气派。

大自然从来不懈怠，只要是荒废了的地方，总会有相应的植物来为其点缀。即便在寒冷的冬季，苔藓依然苍翠，将竹背后村人家的破屋残宇重新收回到自然的怀抱。

过了竹背后村街道，就是水田。田间道路的另一端是洪家山村民组。这片田野是乡村芦花鸡和大黄狗的舞台。每一声鸡鸣，仿佛是一次轮回的呼唤。而黄狗自以为是的狂吠，无不给人滑稽的印象。在乡村空旷的田野里，鸡犬带来了无穷的活力，还有无尽悠远的意境。

洪家山村因为远离竹背后村街道，所以还比较完整地保留着粉壁黛瓦与马头墙，以及光亮的青石板路。这里的院落充满生机，能听见儿童在墙内嬉闹的声音，还能看见一棵伸出院落的枣树，枝条有力，正在冬眠。

高大的马头墙是徽州人在过去认知自我的表征。若干年后，这些马头墙无疑也将会被替换成用水泥钢筋浇灌成的"方块盒子"。这些老屋大多历经百年，现在每一块砖、每一片瓦、每一方木头里都渗满了湿气。一年四季里，春季潮湿泛霉，夏季潮湿闷热，冬季潮湿寒冷，只有在秋季，潮气能稍微收敛一些。

写意·山野

　　一间位于洪家山村中的老屋被修葺过了。主人说，他的观点不一样。徽州的潮湿与祖上的老屋是两个概念。潮湿不是老屋造成的，而老屋正是为了抵御潮湿才形成了这样的风格。徽州雨多、潮气重，徽派建筑外墙几乎没有窗子。如果有，一定是在二楼，是为观察外面情况以及通风所设。徽派建筑通往外界的大窗子是天井，上下通气，光照充足。徽派建筑的木窗是艺术品，就开在天井里，一来不受风雨侵蚀，二来通光，三来可以装点家中的雅致以及普及天伦与自然的文化知识。

　　这间老屋经过修葺，旧砖瓦被新的替换后，再次让人感受到百年历史的建筑格局，你只觉得房屋内亮堂、简约、温和而舒适。尽管村内不断有新的房子落成，村内的老人还是喜欢天井，喜欢在天井里卧在躺椅上，仰望四角的天空。

住在新屋里的居民说，新屋是用钢筋水泥浇筑的，省时并且省钱。他们不用天井，院落就是他们的天井。天井只能住人，他们的院落可以把牛拴进来。新屋每一个房间都有铝合金门窗，好看而实用。在现在的乡村，因为做农，他们已经不需要雕梁画栋，也不需要太多的故事环境。人们在劳累之余，有一处靠自己双手搭建的新屋，就足够告慰平生了。当今普及的电视、电脑以及手机，让四十年前觉得异常珍贵的教育机会，在今天，随时随处皆能唾手可得。

快要过年了，亲友聚在新屋前的院子里做事，院子十分敞亮。相比较，老屋也有院子，但是格局上要小得多。竹背后村的新屋造在马路旁边，空间大，小黄狗可以在门前自由奔跑。竹背后村的院落是开放式的，三面用砖块垒成半人高，地面用水泥铺就。在院子里杀猪宰羊，把辛苦一年的家人与亲友召集过来，此时热气腾腾，再挤也显得自在。

行走在乡村，在怀旧的淡淡忧伤里，最好勾兑一些新生活的欢喜，这样就能酿成酸酸甜甜的味道。另外，最好还能添加一份展望，酿成无忧无虑的样子，让怀旧犹如乡村里的火篮子，只要提着，温暖总是有的。

黟县桃花源里人家

写意·山野

梦中的"一居"

　　隐约是高大的门楼，八字朝东，门前即是田园。稻田围绕着屋宇，四周长满桑树、枣树、李树、枇杷树，还有桃树。石板路上，踽踽行走着牛车。门楼虽然是堂皇的，而院内的一切却是简朴的、空旷的。一座小亭，一张石桌，小径上只铺着鹅卵石，让光影映照着光滑的路面，四下无比寂静。这就是我梦中的"一居"。

一居坐北朝南，修筑在山坡上，独立但不孤僻。坡下隔一湾水塘，便是老旧的村庄，家家户户大多是黑瓦、粉壁与马头墙。黑瓦连片，伸向天际，暗灰的马头墙耸向天空。老屋群里有一两座新建筑，非常醒目，雪白雪白的；新房上的不锈钢围栏，闪亮闪亮的。

一居始建于明代后期，有近四百年的历史，最早的户主是徽商。徽商注重衣锦还乡，认为这种体面是勤勉人生的回报。徽州人历史上注重教育与经商，但凡事业有成，便会返乡造新宇、买良田、修祠堂、建书院，这种传统代代相传，以至于乡村繁盛，历久不衰。进入户籍制约时代，徽商阶层虽然已经颓败，但是，徽州乡村依然留存了诸多百年前的老屋。

一居似乎在叙述老屋的前世命运，透视人间的贫富冷暖。"一居"是新主人取的雅名，老屋原主人祖籍安庆，祖上经商，世代辛劳，积累了这栋豪居，本想传承，但世事难料。老屋走过了近四百年的时光，似乎浸了太多湿气，显得老旧而阴暗，让长期居住在四方天井里的子孙向往高楼，于是便有老屋的新生。

八字大门已经封闭很久，门外杂草丛生，门板勉力维持着虚无的空间；进了大门，转身能看到门板已经霉烂的背面，出现了蓝色的斑痕；庭院内，当年长在缝隙间、主人最不在意的花草，如今无比繁茂，以灿烂的方式装点着荒诞岁月的繁华，让颓败的一居享受着另一种庆典般的荣耀。

写意·山野

　　护卫院落的围墙已经破损，部分墙面剥落，露出老宅不同时期的修补信息。初始的围墙是用砖砌的，十分考究。破损后，早前用鹅卵石拌石灰补，最新的修补，用了水泥。水泥虽然让墙壁一部分更加牢固，却打破了昔日所追求的老屋韵致。在乡村，实用才更为重要。

　　最喜欢的月季不合时宜地开在旧居的院墙上，是盼望、等候，还是在欢迎旧居的新缘？假如是一种启示，假如现在不是一个梦，门楣上"一居"二字的隐现，似乎昭示着一个新的契约、新的生活。当农村厌倦了湿漉漉的老宅时，城市却在欢欣于旧的传统生活。原来的破屋一文不名，现在却能待价而沽。

　　夏季，青蛙在四周鸣叫，时断时续、时紧时慢，如同潮水起伏一般。我还是想沉浸在梦里。假设着我端坐在一居的楼阁上，开窗远望，在更远处的山岚间还有更多的

徽州故事，假设着这些故事都在等候我去一一邂逅。我，在这梦里，真不想醒来。

不忍心这样的院落里没有音乐，于是蟋蟀成为这里的主唱。它们看不懂人类的故事，也无视人类的矫情。它们只管尽情地在天空下生长，看守着这里的宁静，与百虫一起，演绎神灵教会它们的田园交响。

写意·山野

碧山书局断想

　　倘若不是高楼的冷眼，倘若不只是一个课题，倘若再平和深入一点，倘若增加更多的乡土气息……碧山所复兴的将不仅仅是一个书局、一杯咖啡，更多的将是一个个饱满、自信的魂灵。文化复兴不仅仅是一种情怀，更是一种时代的责任。这责任是写给自己的觉悟。

碧山书局位于碧山村内小巷深处，设在村内原来几乎废弃的祠堂内。2014年6月8日下午，我们慕名而至时，邂逅了来此采访的福建海峡卫视摄制组，他们正在采访一位大学生村干部张昱，对这一片天地不仅充满好奇，还充满惊喜。

碧山书局的二楼被设计成了一间咖啡厅，走进去即可闻到咖啡的香味。咖啡是手工磨制的，咖啡厅的两面墙壁排满了书柜，咖啡香浸染在书香里，似乎变成了一种高雅的文化符号。这样的文化气息渗入乡村的生活里，如果让习惯大口喝茶的乡民也来这里，小口抿上一口苦不堪言的咖啡，他们会做何感想？咖啡可能会满足游人的好奇与时尚追求，但不一定能滋润乡村原本自信的心。因为经历过，所以能辨别、接受与欣悦，能够感知自己的存在与存在的舒适度。看过过去，望过往事，人总喜欢把心放在最熟悉的地方。

端一杯咖啡坐在窗前，便能望见祠堂一楼的屋顶，粉墙黛瓦，马头墙静静伫立。在安静的视野里，碧山是留给当下知识分子的一幅淡墨写意。

碧山书局里，在通往二楼的拐角处，有一处光影的布局，不经意间，会让人想起什么。或许是温暖，或许是怀旧，或许是庄严，或许是浪漫，或许是一种捉摸不定的情愫而令人注目。儒雅，本来是中国乡村士绅深藏的品格，似乎与眼前的情境亦有一些契合。

一楼大厅的坚实的石墩与挺拔的梁柱,揭示着两百年历史的祠堂使命。雄浑的建筑设计风格承接着启泰堂族人的希冀,今天走到了新的节点。一楼四周墙壁立满了书柜,书柜里展列着世界名著等各类书,碧山书局成为在古老乡村传播新概念的代表。而来此买书或读书的人,大多存有的只是对这个概念的怀旧、好奇与幻想。在一个思想自由的时代,已经有了网络阅读的便利。书局的存在,仿佛是旧日的车站,我们期待惊喜的回望。

黎波先生说:"书的终极价值在于传播:传播信息,传播思想,传播人类共通的价值观念,传播爱。"在这里,书局可能是一种新概念,而最终提示的,正是人们对乡村家园的眷恋与反哺,澄明社会进步过程的良知,不忘初心。

黟县桃花源里人家

我的世界

夏日，一夜苦雨后，早晨来临了。

这里是徽州乡村的早晨，虽然空气湿润，但是依然沉闷。

小熊与小林兴冲冲地跑向我，带来一习夏季的清风。小熊手里高高举着一个矿泉水瓶，无比快乐地朝我欢叫："快看快看！"

我接过矿泉水瓶，看见清澈的水里有小鱼和小虾正自由自在地闲游。小熊和小林来自城市，一大早就跟随父母出去了，在油厂旁边的小溪里玩耍，这些再普通不过的鱼虾，却给他们带来了巨大的惊喜。

"中午的红烧鱼？"我笑着问。

"怎么可能？"小熊诧异地望着我，把瓶子拽了回去，倒退一步，原来兴奋的神情突然落寞，"我带它们来看看我的世界，然后再送它们回去。"

小熊今年 10 岁。

很小很小的鱼虾，透明的身体，悠然自得，穿梭在小熊与小林纯净的目光里。

寒玉在旁边听见了小熊的话，她的眼睛瞬间亮起。她一大早就看见小熊、小林，还有小熊的爸爸在旁边的小溪里玩。但是，寒玉说："我们居然从来没有想过彼此的世界。"

一夜苦雨，但溪水是清冽的，从大山里奔腾而来，又流向远处。

早餐后，孩子们开始乡村徒步。空气沉闷，路途遥远，孩子们却很欢乐，有时会在田野里奔跑。不久，小林有中暑现象，但他的神情依然愉悦。小熊时常会愣神，他

的世界似乎已经有些深奥。小妹在队伍里最小，今年只有 2 岁半，但她在父母的怀抱里已经跟随父母行走了国内国外，游程超过万里，已然是小小旅行家。她能以骄傲的语气说出父母的家乡，话一出口，便不再重复。徒步过程中，她的世界里只有爸爸和妈妈，很少正眼看过我们的镜头。

　　小妹有自己的行李箱，绝对不要别人帮助。她时刻关注着爸妈的一举一动，连拖箱子的姿势都与爸爸保持一样，小胳膊甩出去，干净利落。暂时，你无法进入她的世界，但是她在逐渐成长，在做自己的选择。一次，小妹突然发现，爸爸跟丢了，而妈妈在前面即将要进入

写意·山野

一扇未知的大门。情况突然，你终于见到她焦急的神色。这一次，你能明确读懂她对爸爸的惦记。

大人要做一次"禅修"，梓路寺如焱法师与如用法师已经摆出了禅茶。在一个霞光万道的黄昏时分，禅的世界、俗的世界、茶的世界、水的世界、大人的世界、孩子的世界，我们在学习分享。作为大人，我喜欢这样的偶遇。但孩子们的眼神里流露着探询、好奇、茫然，还有无趣。

人在旅途，孩子们远行在母亲的目光里，漫步在父亲的引领下，学会了对世界的独立思考。太阳落山时，小熊把装在瓶子里、随他游玩了一天的小鱼和小虾送走了。小林因为中暑，没能亲临现场。小妹牵着爸爸的手，望着小溪，没有说一句话。一抹晚霞映照着僧人金色的袈裟，照着他行走在梓路寺褐红色的台阶上。

小熊说："我要带它们来看看我的世界，然后送它们回去。"

黟县桃花源里人家

宏村夜话

夏季游览宏村，最好是在黄昏前后，实在迟了，天黑进去也行。宏村的意境，对于摄影人来说，只有黄昏与早晨适合，其余时间，全部交给快乐的人群。因为快乐往往不需要条件，尽管人们在大白天热热闹闹地挤在宏村的古巷里，举着自拍杆，体验一次到此一拍、回去不知所云的旅游。

写意·山野

　　夏季的宏村十分闷热、少风，南湖便成为一面浩大而透明的镜子，铺在村前，让四周的人家、绿树、山峦与上空的云天一起堆积到一个虚空的水面上，演绎着缥缈而神秘的童话意境。尤其是在黄昏，天空把柔美的颜色渗进了湖面，不断溶解、不断变化，让一池湖水很轻易地就变成了一幅幅色彩绚烂而变幻莫测的油画，直到夜幕降临时，方才隐去。

　　一座拱形石桥横跨在南湖上，石桥适合彩衣女子袅娜而行，把倩影糅进清波。这时候，南湖倒影里的场景便走进了故事，所有的经历者都是导演、演员，让夏日寂寥的时光变得生动有趣起来。南湖此时成为观景台，所有出现的身影，都披上了一层神

秘的色彩。我想，后来出现的水幕场景舞剧《阿菊》，其灵感或许来源于此。

凌晨出来，带上"凌波仙子"，还有油纸伞、古装彩衣、反光板以及闪光灯。此时天刚蒙蒙亮，村庄里大多数的人还在梦里，这时候，就几个人，便可以开始与光影悄悄约会。姑且臆想一次缠绵悱恻的爱情故事，让早晨的空气里弥漫一种特别的情绪。这样的臆想十分有趣，会点燃荷尔蒙，即使不吃早餐，也能因照片中的理想光影而生出莫名的欢快。

农业社会的生活方式已经逐渐悄然远逝，但国人脑海中的传统图画依然清晰。在当下，全民摄影，能够在一个短短的早晨，完成诸多的构思、创意与拍摄，这种天才般的自恋创作，人生能有几回？

这样的自恋创作结束，已然穿越了百年时光，在南湖邂逅的绿裙红伞似乎已经成为生命当中的一部分。于是欢喜地回客栈、洗漱，欢喜地吃早餐，来个回笼觉，在村子里隐居起来，暂时把村庄慷慨地交给熙熙攘攘的观光客。

宏村最懂摄影人的心，在特殊时段，会安排农人，披着蓑衣、牵着牛，晃荡在南湖边上。再后来可以与游客互动，农人穿着红袍与白马褂，牵着马，马上坐着美女，农人敲锣打鼓，

111

穿梭在巷弄间,把端着"长枪短炮"的摄影人撩拨得心旌荡漾。这时候,你才发现,只要艺术起来,每一个人就会变得那么优美、生动、可爱而富有才华,变得幽默、滑稽、智慧而充满荒诞。

不过,来宏村,你要习惯小巷里喧哗的夜晚。这些声音基本上没有"徽州调子",大多是外乡口音,是住下来的游客在嬉闹。喝酒、争执、打情骂俏,最后是曼妙的音响声,响亮地播放着不合时宜但很应景的意大利歌剧。突然灯灭,一片寂静,院子里萤火虫飞进我们的视野,而天气也愈加闷热。大家都憋着,为了艺术,湿漉漉地听完无比优美的歌唱。

夜晚,宏村适合小聚,因为湿漉漉的百年院落太多,隐藏在村庄里,镶嵌在潺潺流水间,符合不食人间烟火的忸怩清高。在一切都很有趣的故事里,古村落绘制着有些迷乱的色彩,最容易让人沉迷。

徽州风雨夜

2015年7月24日，大暑第二天的黄昏，我们在黟县碧阳乡的田野里穿行。当晚投宿猪栏酒吧。

写意·山野

我们迷路了。车被迫停下,夜色降临,无风,大雨滂沱。前方的路已经是乡间小道,大巴无法再前行。按照导航提示,猪栏酒吧就在附近,但是消失了,成了夜色中的幻影。

村民很友善,路边的一户人家细心地给我们指路,让我们重新规划路径,并告知我们目前的方向没有错,道路可以通往猪栏酒吧。但是经过村庄的一段路太窄了,大巴无法通行。大家决计让驾驶员将车子倒出村子。夜雨肆虐,通过后视镜已经无法观测路面,驾驶员只好倒一段,下车看一段,慢慢挪动,短短100米的路程,花了10分钟之久,而这10分钟的时间很漫长。大巴从昏暗的村子与黑漆漆的机耕路上倒出来后,司机与一行赴约者都长长地舒了一口气。

依然是大雨,我们继续前行。去往猪栏酒吧的另一条路上,依然没有指示牌,没有广告灯箱,我们只好在沉闷而潮湿的夜色里边打听边开。在一个三岔路口,我们拦下了一位骑着摩托车的小伙子,他的脸罩在雨衣里,侧着耳朵,努力听明白了我们的意思后,干脆挥了挥手,在前面为我们带路,直到我们看见猪栏酒吧的大门后,才消失在夜色里。今夜,我们的到来成为一场牵挂,猪栏酒吧在夜色里,周边的村民成为猪栏酒吧的路标。娓娓道来的黟县普通话,成了今晚拂之不去的温馨。

走进院子里,雨小了,湿漉漉的碎石路面倒映着路灯,照亮了我们的惊喜。从侧门走进客栈,迎面是一个小客厅。一些旧物件摆放在客厅里,打开了我们的记忆。在这里，主人无比怜惜过往的岁月，用橘红色的灯光营造出一个旧时空，我们沉浸在温暖的怀旧气息里。这种怀旧的气息，不能轻易被打搅，因此，客栈里的灯，也被主人蒙进了精心制作的光罩里，成为雨夜的点缀，让夜色显得更加静谧而富有深情。

乡村的灵魂是劳动。餐厅门口斑驳的墙面与同样老旧的牌匾，提醒我们这片房屋原来的历史与原先的功能。原来，猪栏酒吧的前身是农村的榨油厂。榨油厂倒闭后，客栈主人将它买了下来，经过一年的改造，变成了今天的模样。

外面依然是凄迷的风雨夜，而现在，我们已经坐进了明亮的书屋。猪栏酒吧把你带进旧时光，又把你抛入未来的隧道；让你活在当下，又忘却当下。然后，吉他声隐隐地传来，告诉你青春的讯息。已经是子夜时分，在乡村古朴的氛围里，你是否正期

写意·山野

待着浪漫的情愫?

　　在大厅一角,有一根干枯的乌桕树枝,聆听着客栈里所发生的一切。夜色已经很深,为了此次聚会,还有人正奔波在路上,为了承诺,为了这次青春的约会。

　　乌桕树枝默默地聆听着窗外的风雨,你来,或者不来,今晚都将是一场挂念。乡间的道路、猪栏酒吧的灯火、小铃铛正在等候,阿秀还守在灶台边。

骑车从奇墅湖湖底穿过

2007年5月,奇墅湖的湖水被放干了。

听说奇墅湖湖底原来是一座古村落,我们很是好奇,于是相约去探秘,决定从奇墅湖的湖底骑行过去。

奇墅湖是一个人工水库，原名叫黟县东方红水库，是安徽省重点中型水库，以灌溉和防洪为主，同时兼有发电与养殖等功能。那时候，谁也没有想到，水库如今会变成徽州大山里的湖滨旅游度假区。

被淹没在湖底的古村落原名叫奇墅村，从建水库开始，至今已经消失五十一年了。奇墅村分为上奇墅村和下奇墅村。上奇墅村较小，有三四十户人家；下奇墅村比较大，有一百多户人家，是徽州韩姓的宗族地，徽州韩姓宗族祠堂曾建于此。

奇墅古村落历史上以商业和农业为主，在九江、上海、杭州、苏州等地都有产业，经营茶叶、钱庄、食盐和布匹等生意，其中代表性人物有韩文治、韩老三和韩国仪，名声显赫。

因为经商积累，奇墅村的村民较为富裕，住宅十分考究。据说，至建水库前，保存最好的一栋宅院是韩老三家，外观恢宏，室内雕梁画栋、富丽堂皇，与宏村承志堂相比，更胜一筹。

黟县东方红水库是1966年动工的，经过五年的建设，于1970年建成蓄水，当时库容量达到2900万立方米，流域集雨面积60平方千米，养鱼面积1.07平方千米。

昔日陆地上上千年历史的古村落，因为现代工业发展的需要，被摧毁了。现在看来似乎令人惋惜，但是在当时，把一处古老残破的封建旧村子改成湖水浩荡的新湖区，在徽州历史上，那是亘古未有、惊天动地、造福一方百姓的大事情，是社会进步的里程碑。

水库建成后，养鱼成为重要的工作之一。在物资匮乏的时代，养好鱼，既能改善本系统职工生活，又能产生经济效益，一举多得。为了养好鱼，水库安排职工专门负责成立技术小组，研究如何投放鱼苗、如何选择品种以及如何设定投放规格等，养鱼一度给东方红水库带来了无限生机，给职工带来了许多快乐，也给周边百姓带来了新口味。

我们骑行到湖区就开始步行，湖底泥土已经干裂，长出了杂草。残砖断瓦、石制生活用品散落在泥面上。这是非常有趣的湖底"考古"，证实了村庄的传说，大致能推测出当年村庄的格局以及规模。

我们骑出奇墅湖湖底，上岸后回望。湖区里的虞溪河现在已经是涓涓细流，从水草间流过，蜿蜒而去。它原来是奇墅村内的小河，日出日落，映照着两岸村落的炊烟。但是现在，荒草之间，再也没有当年的意境。溪水似乎并

写意·山野

不在乎周边的所在，只要有自由的道路，只要是在前进的方向上，无论是被拦还是被放，它都在不知疲倦地流动，流出西宏古道，流出渔亭，流向更远的地方。

一个规划，让有千年历史的奇墅村消失在湖底；一个政策，让湖上奇墅湖国际度假村运行五年了。在骑行穿越奇墅湖湖底十三年以后，湖区五星级酒店成了黄山市的地标，奇墅湖水面上的外景大型歌舞表演《阿菊》成了黄山市的名片。

每天早晨，奇墅湖风景如画、变幻无穷，湖水如镜、山峦如带、白雾缭绕、风月无边。

奇墅湖畔塔川林深好乘凉

想起十几年前骑车穿越奇墅湖湖底时，途经塔川密林，乘凉忘归的日子。谁也没有想到，日后这片林子会成为"网红"，风靡摄影界，闻名四海。塔川，果然是风水宝地。

写意·山野

以山为塔，川绕舍前，村头大树参天蔽日，村背后及左右两侧峰峦高耸，塔川古村便隐逸在这片山谷里，似乎与世隔绝。只有一条从密林里延伸出来的石板路，透露了这个村落隐约的消息。

塔川村族谱介绍，塔川又名塔上，始迁祖于公元1023年迁来这里，开荒落户。此时正值北宋天圣年间，在中国文学史上，梅尧臣、欧阳修等正在拉开宋诗革新的序幕。塔川古村虽小，村民的来头却很大，据传是春秋时期吴国王室之后裔，容后考证。塔川人围绕着家族繁荣的核心目标，世代克勤克俭，商农结合；发展经济，兴办教育；筑路搭桥，造福子孙。

在徽州的文化传统中，追求"世外桃源"，喜欢"隐居"，选择"与世无争"。塔川人只希望通过努力，上能出士子，报效朝廷；下能丰衣足食，安居一方。就这样，在密林里开垦出良田，在大山深处安逸地生活了几百年，直到清末才遭受前所未有的劫难。据记载，清军与太平军的拉锯战在徽州持续了九年多的时间。塔川所在地黟县虽是弹丸之地，但曾先后被太平军洗劫11次，民不聊生。因此，在1864年"太平天国运动"后，徽州陷入了将近百年的凋敝时期。

"太平天国运动"后，徽商元气大伤，徽州成为一片焦土。直到20世纪三四十年代，徽州迎来了第一波"移民潮"。从浙江以及安徽安庆等地区逐渐有流民迁徙过来，让黟县恢复了一点生机。到了20世纪60年代初，安徽修建陈村水库，浙江修建新安江水库，又有大批移民被安置到徽州，黟县迎来了第二波"移民潮"，外来人口居然超过了原住民。新中国成立初期，提倡"光荣母亲"，鼓励多生，加上医疗条件逐渐改善，黟县人口一度出现了快速增长趋势。直到20世纪80年代，国家开始执行计划生育政策，塔川村开始出现老龄化。幸好，因为"塔川红叶"成了黄山旅游名片，塔川旅游业发展了起来，年轻人愿意留下来经营农家乐，村庄恢复了活力。每年春、秋两季，塔川村人潮涌动，游人如织。

塔川村前水口林中，有香樟、枫香、香榧、鼠李等树，均有400多岁。田野地头的乌桕树，都有百岁以上。香樟树可调理胃肠，治疗痢疾；枫香树可治产后风，痈疽发背；鼠李树可清热利湿，消积通便；乌桕树用于治疗血吸虫病、肝硬化腹水以及毒蛇咬伤。在传统意义上，在过去，塔川与其他所有的徽州乡村一样，对大自然的生态保护意识来源于对自己生命的呵护。

写意·山野

　　这些古树原本被视作塔川村人养生立命的护佑，现在又为古村落带来了另外一种福祉。塔川能够名扬天下，还是靠了这些古树的风光。从21世纪初开始，"摄影热"逐渐兴起，随着网络技术的发展、手机拍摄功能的普及、社交媒体的兴起，塔川最为普通的红叶"火"了，塔川成为中国最美的四处红叶拍摄基地之一。

　　塔川，在奇墅湖畔的密林深处，不用高声语，已惊天上人。

乡村雪霁

徽州地区，通常在12月中旬左右，即农历大雪节气前后，黄山山顶、齐云山山顶、牯牛降山顶、清凉峰山顶、六股尖山顶等峰峦就会陆续迎来瑞雪天气。12月下旬，山下周边盆地、河谷地带以及新安江峡谷沿线的乡村亦将逐渐银装素裹。

写意·山野

从屯溪到周边乡村,最远的车程基本在2小时以内。虽然只有2小时不到的车程,两边的社会生活却是两重世界。城市对于大雪的表达是淡漠的,这淡漠源于高大的钢筋水泥建筑、灰尘污染与嘈杂的机械声音,让雪花失去了飘舞时的浪漫背景;而乡村,却有着清静、祥和与安逸的视野,让雪花成为大自然的宠儿,能尽情演绎从天堂飘落下来的旅途故事。

心已飞翔,怀念幼时成长的童话世界,向往雪花盈积的广袤田园。我们在恰到好处的黄昏时分,来到了南屏村。南屏村坐落在黟县西南的南屏山脚下,距离屯溪1小时20分钟车程。雪后,虽然空气变得寒冽,但是村庄显得更为透明而温暖。炊烟袅袅织入夕阳,皑皑白雪让乡村变成美丽的图画。站在高楼上,依在马头墙边,俯视村庄,听鸡鸣与狗吠声,闻隐约飘来的厨房香味,让人顿时想家。

雪后的村庄异常宁静,似乎人群也"蛰伏"了。温暖的冬阳照耀在村庄的瓦檐上,金色的光晕蔓延着,白雪与黛色互相敷染,在屋顶上勾勒着奇妙的情意。祠堂门口,红色的大灯笼高高挂着,这时候成为醒目的指示,让人记起村庄一千一百多年的历史。

祖祖辈辈珍视的故里,能依然完好地深藏在大山脚下,过去可以,未来有可能吗?

南屏村原名叶村。因北倚南屏山,后更名为南屏村,沿用至今。原来山村很小,元朝末年,叶姓从祁门白马山迁来后，逐渐繁衍，村庄开始发展。到了明代，南屏村规模扩大，居民主要有叶、程、李三大姓氏。现在，南屏村仍有古巷72条、古井36眼以及明清古民居300多座。雪后的南屏村，深巷、古井与民居都静默在白雪带来的寒意里，但当各家各户烧起柴灶、燃起火桶，让村庄炊烟缭绕时，雪却让平常岁月显得更加热气腾腾。

南屏村各姓都拥有自己的宗祠、支祠和家祠。从村头到村尾，200多米长的中轴线上，至今仍然保留8个大小祠堂，全国罕见。在1990年，导演张艺谋找到了这里，以祠堂为背景，拍摄了故事片《菊豆》。十年以后，导演李安也找到这里，拍摄了《卧虎藏龙》。在下雪的萧索日子里，人们围着火炉取暖时，能聊出更多的故事与传闻。

南屏村重视教育，很多古私塾的设计别有创意。村内有半春园，又名梅园，始建于清朝光绪年间，是当年富商叶自璋为子女读书而营造的私塾庭院。园内辟三间书屋，将院落做成半月形，特制对联言志，曰："静乐可忘轩冕贵，清游端胜绮罗尘。"

抱一书斋的创立者不仅让自己的子女读书，还带动族人后代接受教育。抱一书斋是李氏家族子弟读书的私塾，修建者是当年村中一位富商李火眉先生。李火眉又名李金榜，幼时家境贫困，只读过两年私塾，在外营商，一生奔波，深知读书的重要性。他事业有成后，便自己出资，在家乡建造了三所私塾，免费供自己家族中的子弟读书。这便是宗族时代的情怀。

即便是园林修建，亦围绕教育展开，深富底蕴。村内留存一处石雕，上面有"西园"

写意·山野

两字,紧挨西园溪、西园桥及古樟等遗迹,坐落在叶氏宗祠前。显现出当年村中西园规模的宏大。这里原来是村中绅士叶君华先生为孩子们读书养性而修建的园林,始建于清朝乾隆五十六年(1791),占地近1万平方米,内设牡丹园、梅竹园、山水园、松柏园四大部分。"西园"一名出自清代著名散文家、桐城派代表人物姚鼐的《西园记》。

　　读书的目的何在?旧时南屏村内很明确。村内有一处穆贤堂,是当年先生授课的地方,堂前挂有孔夫子画像,对联教诲说:"慈孝后先人伦乐地,读书朝夕学问性天。"至今依然能感受当年的文化气息。院内园林布局仿苏州风格,有回廊、廊亭和美人靠,优雅简洁。

　　村中还有培阑书屋、陪玉山房、梅园家塾等旧时教育场所,光这些名字,就已经让人向往。另外,漫步南屏人家,研读冰凌阁、南薰别墅等人家门楣,你如何不敬重南屏人深厚的文化修养以及个性魅力?

　　雪天就像徽州过年用的酒酿,温度是冷的,然而能让人心燃烧,不仅带来了温暖,还带来了沉醉。诗云:"绿蚁新醅酒,红泥小火炉。晚来天欲雪,能饮一杯无?"雪霁之日,南屏村飞霞满天。

黄山风云

写意·山野

秋光隧道

天地开阔，万物有灵。光芒掀起黄山的千沟万壑，让虫鸟鸣唱，令草木欢欣。

清冷的早晨，一条条秋光隧道，仿若无声的秘境，演绎着大自然五彩斑斓的生命乐章，倾诉着秋所揭示的万物之宿命。

都在期盼一种结果，等待我们梦想的世界。明知寒风瑟瑟，依然迷恋虚幻的云彩与五颜六色的秋景。颜色是草木谱写生命、表达心情、彼此通告消息与泄露秘密的唯一语言。

在黄山的大峡谷里，秋叶要倾诉浪漫的故事，就在云海里表达。云雾摇曳着，鸟儿歌唱着，徐风传递着，满山遍野很快便会知晓秋叶的心意，开始传说树的秘密。渐渐层林尽染，万壑红韵。

在黄山觅秋，其实是穿梭在万物的故事里，穿梭在一种奇妙的意境中，是另一种特别的时空。云雾淹没山径，红叶挂在天穹。四周寂静，偶尔风声如潮。

五彩缤纷的秋叶，引诱着行者走入峡谷，攀上高崖，激发着人们对欢颜的渴望。秋季的云，一群一群的，如同白色的羊群。它们时不时从山谷后涌来，又唤起一场无声的歌舞，让寂寞的秋声传送着一年四季中最深沉的眷恋。

这场秋的眷恋，积压在树木的枝头，有时候无法排遣，无法表达，便如同无法倾诉的恋人，脸涨得通红。

因为腼腆，秋叶只好借助长枝，远远地伸出去，伸出去，伸到人声鼎沸的地方，让你能看见它，看见它一览无余的心思。秋声喧哗，难道你真的听不见？

潮湿的山径，虽然有一些感伤，但是红叶用它的颜色传递着浪漫的喜悦。黄山

写意·山野

红叶的特点，红而有韵，黄而不焦。虽经寒冷，却始终在朝气蓬勃地飞舞与奔走，不知疲倦。秋叶在喜悦中随遇而安，在随遇中观察着万物的宿命。

秋叶尽一切可能铺撒在石径上，让温柔的人也能感受它温软的心绪。无论阴晴，黄山的秋叶始终在期盼着彼此的目光，哪怕这目光是在无意中掠过。秋光隧道，你来，或者不来，它就在那里。

入秋，如果没到黄山，千万别去；如果到了黄山，千万记住回家的路。那漫山遍野的秋声，回荡在秋光隧道里，会让人终生痴迷。

黄山风云

狮子林中秋夜话

月光如流水一般，静静地泻入狮子林里。

133

写意·山野

    通明的夜空，将狮子林轻盈地挽起，飘浮在清凉、寂静而空旷的无垠之中。光影轻灵地翻舞，云衬托着、勾勒着、描绘着，倾诉着天地之声。

    月亮高高地孤悬在夜空，透视着生命本质上的轻冷。而光芒，给了人们喜悦的盼望。中秋，契合着这样的喜悦。

    但是今夜，夜雨让中秋迷蒙，无数个来狮子林赏月的游人可能看不见月空了。尤其那些摄影人，尽管看过天气预报，知道台风将在中秋登陆，但内心深处依然留存着对满月的盼望，对黄山的爱慕。

    这种爱慕，岂止在当下？

    黄帝来了，带着容成子与浮丘公，带着部落子民，历尽艰辛，追寻到黄山。远古时代，黄山耸立着，四周一片沼泽。黄帝登山炼丹，臣民依山驻扎，在荒莽的岁月里，开垦出华夏子孙世代相传的仙境，这就是黄山。我想象着黄帝当年在丹霞峰的炉火，是否也如李白所唱"炉火照天地，红星乱紫烟。赧郎明月夜，歌曲动寒川"？

在工业文明没有进入华夏大地之前，有很长的一段历史时期，我们的先哲用文字作为镜头，记录着眼前的所见。陈业，汉代会稽太守，洁身清行，遁迹黄山。他是文字记载中第一个隐居黄山的人。他的黄山时代，光影与今日一样吗？李白来了，留下了千古绝唱；薛邕来了，传承着黄帝温泉；释行明来了，黄山第一部志书诞生；范成大、程元凤、吴龙翰、方弦静、徐霞客隔空应和。最爱这样一句诗："铁笛一声天未晓，吹开三十六峰云。"最爱这样一句结论："薄海内外无如徽之黄山，登黄山，天下无山，观止矣！"

"独乐乐"似乎不能更好地抒发对黄山的爱慕，于是好事者成立了天都社。据记载，天都社为黄山历史上第一个文学团体，社址设在祥符寺附近。雅士16人，号"黄山十六子"。1542年，黄山十六子为健身强体，策杖攀跻，登顶天都峰，在万山之巅饮酒赋诗，其文人情怀，壮士豪情，几人能与？

即使结社，诗文似乎依然不能抒发尽对黄山的爱慕。明朝画家丁云鹏留下了《黄山总图》，烟云幻化，墨沉淋漓。清代梅清留下《梅瞿山黄山胜迹图册》《梅瞿山黄山图册》《梅清黄山图册》等。石涛《黄山八胜图》成为描绘黄山的传世精品。

工业文明终于在19世纪中叶进入了中国。与此同时，照相机也大量出现在中国市场。在民国时期，尽管道路险阻，摄影者还是把黄山列为目的地，留下了许多的珍贵影像。新中国成立以来，文化艺术事业欣欣向荣。1962年，由陈勃先

生发起，中国摄影学会（中国摄影家协会的前身）在北京举办了第一个以风光摄影为主题的影展——黄山风景摄影展览。摄影展览影响很大，吸引了社会各界包括多位国家领导人前往观看。这一届展出让黄山深度进入摄影艺术家的视野。

今夜中秋，狮子林雾雨迷蒙，而作为摄影之家，黄山山顶的宾馆依然灯火通明。中秋夜话的舒展、烂漫，让岁月无比清晰。想象着有一天，摄影家的宿命不仅仅是从黄山带走无穷尽的画面，他们的宿命更是归来，在中国最美的山岳之巅，共同设计一座"光影博物馆"，把自然之美隐匿到狮子林柔和的月光里。

夜色越来越迷蒙，但思绪越来越通透。还是月光如水的意象，在隐约的琴声里，徘徊在心空。狮子林的岁月，美在期待、在盼望、在喜悦的等候中。

消失的地平线

初秋，在狮子峰上望远，很容易想起一部小说《消失的地平线》，作者是英国作家詹姆斯·希尔顿。

小说中的香格里拉、卡拉卡尔山、蓝月谷，让人魂牵梦绕。

写意·山野

狮子峰位于中国安徽南部的黄山之巅，群峰之上，万山阻隔，人迹罕至。狮子峰西朝贡阳峰，峡谷幽深，森林密布；东望始信台，怪石林立，佛光常现；北望太平山下，平畴万里，烟云天际；南面是珍贵的山顶台地，可以供修行人筑屋生息。在狮子峰南坡，一座红庙依偎在山腰上，密林遮盖，若隐若现。即使在游人如织的旅游旺季，人声鼎沸，而在偌大的山林间，红庙依然优雅安逸。

你无法拒绝，在这样的夜晚独自遥望。山下万家灯火，如同星星闪烁；山中云雾流淌，如同音乐浮动。小说《消失的地平线》中有一个情节：康维在聆听肖邦的钢琴

演奏曲时恢复了记忆。当天夜里，他悄然离去，不知去向。而此时，狮子峰顶，是否适合舒伯特的《小夜曲》？让歌声穿过深夜，向你轻轻飞去……

云海有时不再局限于在峡谷间的流动，涌起，再涌起，恣意如汪洋，就往天际漂流，与光影翩翩起舞。但是，黄山的云海始终谦卑适度，总是在最恰当的角度，呈现出最美的柔波。小说《消失的地平线》讲述了在香格里拉，所有领域，人与人、人与自然都恪守着"适度"的美德。当下，因为适度，让黄山山巅的风光无限优美。

美，不仅在夜晚，黄昏是最适宜在狮子峰静坐的时刻。夕阳是天际的射灯，山峰是天际的舞台，云海和山岚在山峰间旋舞。希尔顿在书中感悟着奇妙，他说世上许多神奇美妙的事物，往往被拥有的人所忽略。"香格里拉"其实就是眼前现实场景与精神世界之间的地平线。《消失的地平线》似乎在昭示世外桃源的真正所在。我们似乎在无意中契合着这样的真谛，此时无声。

为描绘狮子峰的秋色，上苍要用大半年的时间来孕育、敷色与构图。用光呈现影调，用云海铺陈浓淡，在适度的原则中，让颜色丰饶。然后，当你漫步于狮子林中时，不时有微风掠过，轻微但有力量。风唤醒你的心智，带你走向高处，在最恰当的时刻，让你观望到地平线最透明的光芒，平静地闪烁，优美

地绽放。

　　温度决定着万物生长的变化与规律。适当的温度，让我们分享着黄山四季的心意。春天风云写意，夏季鸟语花香，秋时光华灿烂，冬日童话冗长。静坐于高崖上，地平线就在眼前。四季不同，地平线的远近不同，但是无论如何变化，地平线都恰到好处地延伸着视野，让你奇妙地感受到从峡谷里传来的蓝调柔光。

　　夕阳，即将没入浩瀚的云海。我依然想起20世纪初英国作家詹姆斯·希尔顿的小说《消失的地平线》，其中有很多谜团尚未揭开。小说里有主人公康维之谜、卡拉卡尔山之谜、蓝月谷之谜、香格里拉喇嘛寺之谜和满族姑娘之谜等。今晚，在高山之巅，狮子林似乎也有很多的谜，但今晚的地平线在哪里呢？

蓝月谷。迷蒙的蓝调，在小说的世界里如此神秘。而在狮子峰下的万顷沟壑，当月光托举起在散花坞里飘舞的花瓣时，我们是否有过宁静而轻灵的梦乡？

写意·山野

云端漫步

　　深秋，我行走在黄山山脊上，四下云海弥漫。超越在云端，明显感觉呼吸急促，步伐沉重，恍惚来袭。一切沉浸在黄昏的光影里，你仿佛漫步于梦乡。秋，云海来潮，击拍着峰峦，飞舞在松林间，上与天接，下游千壑，让黄山宛若仙国，演绎着万年传说。

"横看成岭侧成峰,远近高低各不同。"飞来石忽隐忽现,以自然的方式,叙述着故事的起承转合。从侧面望去,飞来石是帆的形状,挺拔昂扬,让黄山在涌动的云海中成为破浪前行的巨舰。

飞来石是黄山的地标之一,海拔1730米,呈近长方体耸立在峰头基岩平台之上,巨石宽7米,厚1.5—2.5米,高15米,属花岗岩。经测量,飞来石下方的基岩平台长12—15米,宽8—10米,上下岩石的成分完全相同,但已经裂开,缝隙明显,接触面积只有2平方米左右。飞来石倾斜站立,视觉上摇摇欲坠,倾斜度与意大利比萨斜塔相比,要多出5.5度。飞来石有如此斜度而屹立不倒,成为世界奇迹。

在北海景区通往西海饭店的石径旁,有一棵团结松,站在这个角度观看飞来石,它上尖下圆,形状就像被咬过一口的水蜜桃,神奇地飘在云端,故又被古代转山求道之人称作"仙桃峰",视觉上遥不可及。因为有女娲补天、黄帝炼丹的传说,以及文人笔记、乡坊故事的见证,飞来石被世代演绎,据说有神奇的法力。

这些法力,又被一年四季出没无常的佛光环绕着,让飞来石成为摄影者关注的方向。由于阳光与水蒸气产生的光学作用,在飞来石下方峡谷里经常出现彩虹,而且彩虹中还会有人影移动,如同佛法记载的得道境界,被崇奉为"佛光",能带来吉祥。漫步云端,在平凡的世界里,惊喜不断。

白云触手可及,浪漫的心会让人在平凡的世界里邂逅不平凡的视野。心中有景,心中有乐,心中有无尽的遐思。尝试以修行的方式,阐释生命中所遇的悲喜。

写意·山野

秋色在峡谷里漫染，光成为峡谷的彩笔。黄山风景区周边方圆 1200 平方千米的原始森林，成为黄山景区通透光影的自然保护带。在黄山，山体岩层种类丰富，峡谷云雾变化多端，四季的植被色彩次第更换，尤其在秋季，油彩堆积，缤纷绚烂。行走在云端，朝阳落日就在眼前，可以俯视天际，可以对视大山。莲花峰是黄山海拔最高的山峰，海拔 1864 米，山顶状若莲花。只要你愿意，莲花峰之巅就可以承托你的心房，一起见证光影的雕刻。

光影流动在云海间，穿越在峭壁里。凡经过的地方，都会留下惊心动魄的影像，在天地间回响，自由地歌唱。人在云端，所见皆空。黄山在悬崖上悬挂了许多栈道，盘旋环绕，在空的世界里，最后绕进了我们自己的心房，让我们看见自己内心世界的温暖、温情和温柔，让灵魂的秘境变得通透。

夜色降临，星河璀璨，星轨流动，山下的灯光在静默地伸展。但见人动，不闻人响，而摄影人尚在高处。要说的仿佛都言不达意，但空荡的视野、渐冷的夜风，都是让人怀念记挂的画面。

狮子林风雪之声

　　雪落下的时候没有声音,万籁俱寂。草木虫鸟以及百兽,早已感知这降雪的消息,早早在盼望这一场特殊而盛大的舞会,凌云之上,于黄山之巅。

写意·山野

狮子林之隅，雪花在清风里，恰到好处地敷衍在繁华落尽的地方，恰到好处地依偎于依然倔强的青松枝头。雪花还落在枯草的乱发间，落在虫鸟的窠臼前。它知晓百兽将面临寒冷，在今夜，这场舞蹈让所有露天而居的短尾猴成为风雪中的战士。

雪花庄严地伏贴在修行者的碑前，让自己的白色作为记忆，点亮今夜的万山荒林，一起咏唱对殉道者的颂歌，咏叹对万物生命的悲悯情怀。

雪在舞蹈，借了长枝，节节相通，涌动在狮子林，牵动到狮子峰、贡阳山、丹霞峰以及更高更远的山巅。轩辕黄帝，也曾经在这样的雪夜里，枯坐在危崖，他是否在思考着部落子民的轮回？雪庄和尚，也曾在这样的雪夜里被积雪淹没，他穿越到另一个寂寂空明的世界。今夜风雪，无声地传递。

所有的记忆都进入温暖的梦乡。即使强硬的石块，也在雪的柔波里变得软弱。这是一个无声的世界，只有雪，雪的语言在诠释一切。

如此浩瀚的雪国，一切是寒冷的。我们不喜欢寒冷，然而我们却期待白皑皑的世界，这个世界带来了童话，带来了梅花苦寒，带来了原驰蜡象，尤其带来了母亲在床前的儿歌和温暖的火炉。这火炉温暖了多少童年的梦乡，点燃了多少童年的梦想？

一切因为盼望，我们忽视了结果的另一半。雪说，我来了，也请接受我寒冷的朋友。青松是傲然的，它站在最高的地方，伸出手臂，扬起崇敬的心情。雪花带来了盛大的舞会，也带来了阴霾的寒夜。它的悲悯，也让它无法俯视人间因寒冷带来的苦难。

狮子林说，那就等天亮吧，让朝阳出来，让世间害怕寒冷的事物享受温暖，让世间热爱洁白而甘愿寒冷的人们接受馈赠。我明白为何盛大的舞会要彻夜方休，我想起一次黎明时分的海边，舞会礼堂的顶棚缓缓开启，金灿灿的晨曦如溪水般流进舞池，那最后的狂欢、那生命的韵律，都在这一刻，瞬息成为永恒的记忆。

但凡此时，一定是人声鼎沸。这美好的时分，不管是喜欢寒冷还是不喜欢寒冷的人，都会拥挤过来，对于美丽的事物，所有生灵应当都是喜爱的，喜爱到在这个早晨，为了美好，可以毫不犹豫地喧闹。雪皱起眉头，寒冷是无声的、可怖的，然而有人喜欢；朝阳是热烈的、可爱的，然而人多纷扰。

其实这豪华的场景，只是馈赠勇士、温暖大众的念想。在黄山，风雪悉数穿上瑰丽的裙幅，镶上五彩的金边，巡行在山崖与峰巅，呈现在有福人的眼前。历史上，但凡吟诵雪之美者，大多是达官贵人、文人墨士，是一群特权阶层或特权阶级。但在今天，能够踏雪高歌者，大部分是富裕了的芸芸大众。古今一念，弹指一挥间。风雪自己也沉溺在欢快的旋律里。

顽石有灵，陶醉在风雪无声的欢悦里。顽石端望的方向，正是光芒起来的地方。风雪，让今日的光芒，在漫山遍野间，充满着神奇的意象。

奇松有灵，站列在自己所能努力达到的高端，仰望着东方。用身

写意·山野

躯衬托着白雪的舞姿,向上,一直向上,与奇石奇峰一起,把雪的容颜送入朝阳的光芒里,一同演绎大自然宏伟的篇章。

我看见,从凌晨开始便坚守山巅的友人,发梢也挂满了雪丝,朝阳编织进去,熠熠生辉,让这些勇士成为在雪峰上屹立、光芒四射的影像。他们沉默着,立在狮子林最高处,成为狮子林风雪之声中最灵动的音符。

黄山山麓太平

写意·山野

黄山军博园的历史时空

黄山谭家桥到了,现代化设施的谭家桥高速路口就在眼前。从周边城市到谭家桥,交通十分顺畅,沿途风景优美,充满诗情画意。

你无法想象，八十四年前，谭家桥是一片荒山野岭，一处穷乡僻壤。你更无法想象，八十四年前，这里曾经是红军北上抗日先遣队北上经过的地方，有过浴血奋战。在那一场硝烟里，几百名红军战士献出了宝贵的生命，永远长眠在这片土地上。

人民没有忘记这些英雄，中央电视台曾多次来谭家桥拍摄采访，挖掘当年英雄的悲壮故事。为了守护好烈士陵园，有识之士在当年的战场上建立起了黄山军博园，潜心修葺坟墓、整理遗物、撰写事迹，并在军博园里摆上了军事武器。

1934年12月14日，红军北上抗日先遣队在谭家桥遭遇敌人的袭击，发生了一场战斗，师长寻淮洲等300多名红军将士壮烈牺牲。对于这段历史，军博园馆长罗文田珍藏于心，将军博园按照主题分列展览区。室内有红军北上抗日先遣队纪念馆、粟裕大将纪念馆、军事博览体验园等，室外有粟裕将军墓及红军将士陵园、当地战场遗址以及红军指挥台遗址等。

军博园在政府及社会各界人士的支持下，收集了文物6000多件，如革命战争时期使用过的各类枪支、大刀、手雷、票证、标语等。此外，军博园还展列出许多从部队退役的坦克、大炮、装甲车、导弹发射车、飞机等，还制作了缩小版的长征卫星发射模型等现代化军事装备，让军博园不仅成为缅怀烈士的陵园，还具有国防知识的普及功能，展示了党领导军队发展历程的从无到有、从小到大、从弱到强。军博园目前

是安徽省重要的爱国主义教育基地、廉政教育基地。

　　1978年6月，粟裕将军曾经回到了谭家桥，他亲自寻找到这片战友倒下的土地，久久不愿意离开。他回忆道，当时谭家桥战斗非常惨烈，几百位英雄倒在了这里，很多牺牲的战友至今连名字都不知道。粟裕将军提出，在他去世后，把他的部分骨灰撒到这里，陪伴牺牲在这里的战友身边。1984年，粟裕将军去世后，他的部分骨灰被埋在军博园的陵园中。

　　目睹珍贵的文物原件和历史照片，仿佛又听见当年激扬的冲锋号，看见红军将士在浴血奋战的悲壮场面。一切为了人民的利益，一切为了民族的崛起。谨向人民英雄致敬！向八一军旗致敬！

黄山山麓太平

郭村怀古

　　盛夏自驾，我们进入了黄山风景区北部山麓。这时候，车内不需要开空调，从山野里吹进来的自然风，有着山泉一般的清凉。午餐时间，我们到了一个村庄，一问，这里便是千年古村——郭村。

随口一聊，郭村便是一部说不完的故事书。郭村处于徽州府、池州府和宁国府三府交界处，曾经是商贾云集的商业重镇。清朝中叶鼎盛时期，有一条长约1千米的街道，号称"千灶万丁"，七十二巷、三十六井、八座石拱桥，商铺鳞次栉比。至今，遗存的古街原貌依然可辨，徽派老屋依然威风凛凛。

　　郭村一度隶属宁国府太平县，旧称"谷（穀）城"，又名"弦歌"，名字大气而雅致，居然与两千年前的周文王、周武王有渊源。在郭村附近的桃岭古道边，屹立着一座周王庙。周文王、周武王在当今时代依然被郭村人视作菩萨而受到供奉。在郭村中央，还有一座观音阁大庙，在朝东的门楣上，写着"弦歌里"三个醒目的大字，与古时太平县西门城墙上的"弦歌门"应和，彰显着郭村当年在地方上的重要地位。

郭村距离宁国府太平县、徽州府黟县以及池州府石台县各约40千米，刚好符合古代一天的脚程。从唐朝开始到民国二十三年（1934），在青阳至屯溪还没有公路交通之前，郭村的桃岭古道一直发挥着重要的交通枢纽的作用，是相邻三个县城的中转站，商业发达，居民富庶。由于特殊的地理位置，郭村一度还设立政府的派出机构，如三府会馆、巡检司廨等。

郭村的取名很特别，含有城郭之意，以原居民林氏为主。郭村林氏又很特别，祭祀的并非林氏祖先，而是周文王、周武王。探究其中缘由，故事要追溯到两千多年前的商朝时期。据记载，比干遇难时，比干的夫人陈氏已经身怀六甲，逃难到了长林后，生下了一个男孩。在这危难之际，周武王救了他们母子，把林作为姓氏赐给了比干的后人。比干的后裔为了感激周武王的大恩，就修建了周王庙，世代供奉周文王、周武王。郭村的林姓家族原居福建省莆田县，支系后来辗转迁居江西婺源。到了南宋宝祐年间（1253—1258），安抚使林椿年公为躲避战乱，又一次由婺源率领支系迁到这里，将此传奇带到了黄山腹地。更神奇的是，绵延七百多年之久的郭村的方言，还与福建省莆田县林氏村落的一模一样，乡音未改。

在郭村的四周，山峰耸立，溪水蜿蜒。发源于村庄南部山谷的杨梅溪从村中穿过，进入恒河，往北流入太平湖，成为长江水系的支流。古人因地制宜，沿恒河修建了3000多米长的沟渠，引水灌溉农田，又利用水力拉动水碓、水碾加工粮食，形成农业社会的手工业生产模式。缓慢的劳动速度，给乡村带来了悠闲的审美空间。

郭村周边有四大风景：东鸳鸯二鸟，南狮像把门，西天井明堂，北东西二湖。天气晴朗的时候，在天井明堂可以看到黄山西面的光明顶。过去村民煮饭是烧柴火，夕阳炊烟，白鹭蹁跹，风光绮丽。明代程树本有诗云："暮烟横镇山俱断，鸿雁远飞霞与齐。日落波光相映发，游人如在武陵溪。"明代蒋忠先生在《谷村有述》一诗中写道："我欲寻仙迹，村居趣转嘉。瓦盆盛腊酒，茅屋煮春茶。翠滴松杉杪，清分蕨笋芽。相逢无别话，只有种桑麻。"郭村就像一处燕子窝，四面环山，东有贤川岭，西有佘岭，北有桃岭关，南有栈岭雄关。一年四季，冬暖夏凉。

清朝咸丰九年（1859）郭村经历过一次灾难。这一年，太平军攻打郭村，清军在此守护。太平军将村内的3000多名清兵围困了几日几夜，炮火将村庄近四分之三的建筑摧毁了。战后，郭村十室九空，繁华不再。

民国时期，北伐军在郭村驻扎过，中国工农红军北上抗日先遣队也曾从这里经过。现在流行旅游，附近桃岭古道备受"驴友"青睐。古道沿途还遗存着旧时的军事兵站，如油竹汛、河口汛、桃坑汛等，让人唏嘘不已。

离别郭村时，来这里做景区开发的浙江老板说，村内还有明清古民宅130多幢，在黄山脚下是极为珍贵的徽派建筑。历经磨难，郭村风貌依然阔达，古韵依然厚重。

黄山山麓太平

无比安静的世界

　　午餐过后,我们来到了黄山西麓的汤家村。这时候,村民正在午睡,村内除了知了的欢叫声,再没有其他动静。鸡围成一圈在屋檐下发呆,狗懒洋洋地躲在树荫下。乡村的夏日午时,每一种生命都找到了自己最舒适的休闲方式。

离村头不远的河谷,有大片的原始森林。白云挂在树梢上,小河在林边流淌,汤家村沿河挨着森林分布。河东是贤村,河西是郭村,南靠上岭村,北接乌石乡桃坑村,由汤一、汤二、孙家、乐庄、吕家5个自然村落组成,一共219户人家,人口只有700多。村内青壮年大多去了城市,留下老人带着孩子,留守在安静的山野里。

稻米、蔬菜、茶叶、食用菌、珍贵的灵芝等中药材都是汤家村的拿手宝贝。这里气候湿润,植被丰茂,除了原始森林,山野里还有大面积的果树以及毛竹等,绿色无边,生机勃勃。

黄山山顶的云海飘到哪里,雨点就洒到哪里。经常是一边大太阳,一边下大雨,让汤家村人左右为难,哭笑不得。说话间,飘雨了,听见农妇在抱怨:"这天气噢,中午也不让人安心。"

离汤家村不远有一处悬崖,当地人称其为"石门"。石门上有一个老深的洞穴,里面栖息着成千上万的蝙蝠,一出动便是天昏地暗。蝙蝠喜欢在黄昏时出来捕食,如同

乌云般出没，使洞穴充满了神秘气息。过去农村看天气，要参照蝙蝠出洞的规模与时间，预报十分准确，因此，石门在当地人心目中是有"神性"的。

一切无比安静。我们要离开汤家村时，难得看见刚走出家门的农妇。我们向她问好，很快得到附近村庄的信息，决定继续探索。汤家村距黄山风景区只有十几千米，距宏村与太平湖分别也只有30千米，自驾十分方便。这里是黄山山脉里最深僻的地方，沿途可以看到更加淳朴的乡村生活。

写意·山野

在密林深处的革命老区

　　小轿车沿着狭窄的山道试探着前进，杳然的秧溪河水流淌在一侧峡谷里，引导着我们前往汤家庄。河流逐渐靠近路面，水面逐渐变宽时，路也变新了。这时候能够看见村庄的人家，还有马头墙的倒影、倒影里排列的竹排。乳白色的水雾漂浮在水面上，有一群鸭正隐隐约约地游动。

汤家庄到了。村子四周山势低缓，翠竹绵延，森林密集。山风带着竹林的清气，有点甜甜的味道。古树、茶园与散落的人家沐浴在早晨的阳光里，组成一幅幅透明的画面。

汤家庄人家开门便是秧溪河，各家的竹排就系在门前的河面上。河水大的时候，竹排就被冲得贴在岸边；河水小了、平静了，竹排会自动伸展到河里去。这时候，大姐就可以从家里走到竹排上，从竹排上走到河里去洗衣服。人动水颤，一时波光潋滟，便将倒影变成了意识流，让人如梦如幻。洗衣的大姐见我们过来，笑着问道："好看吧？"我回答说："好看。"但是，四下空旷寂静，风景虽美，但村里大多的青壮年还是去了远方。

离家别舍应该是一件感伤的事情，但在汤家庄，人们不是这样想的。大姐说："年轻人有知识、有能力、有想法，出去挣钱，我们就看好家。"这是我在深山旅行中听到的最豁达、最有感染力的声音。空巢，在汤家庄，有另一种愉悦的旋律。秧溪河流出村口时，与章川河汇聚，围成了一个三角洲，被修建成了公园，成为村民休闲的好地方。

一群快乐的大姐、大哥正在清理公园的杂草。在他们的看护之下，汤家庄河水清澈，巷弄整洁，柳绿花艳，草青木秀。大姐说，现在村村通，进出很方便了，通信也很方便，家里人每天将村庄的事情发给在外学习、工作以及旅居的亲人，而外面的信

息通过手机随时可得。汤家庄虽居深山，但是获得了商人的投资，养老、养生项目正在兴建中。汤家庄有茶文章，有水资源，有旅游生态，原来的荒僻成为获取投资的特质。

除了村村通与通信的改变，汤家庄还享受到政府建设美好乡村的惠民政策。汤家庄用专项资金保护环境、修建公园、恢复古道、清理河面与建设排水工程，通向乌石乡的古道被修葺好了，古道周边的猴魁茶叶基地被带动起来了。汤家庄人说，他们的生活方式是这样的：每年3月到7月之间，在家里制茶；7月到12月间，去城市打工；到了1月、2月，就回家过年。

汤家庄，深藏在黄山风景区北部的密林深处，坐落在太平湖偏僻的峡谷之中。"只在此山中，云深不知处。"如果没有走进，似乎是被遗忘的角落，然而当你关注后，汤家庄其实就在世界的中心，如一块璞玉，静静地展示在聚光灯下，不论悲喜，只传福缘，一如眼前慷慨赐予我的亲切笑颜。

乡村如画，汤家庄是革命老区，记载着很多感人的"红色故事"。解放战争时期，杨明同志与陈爱曦同志率领的沿江总队曾在此建立游击根据地，汤家庄许多热血青年参加了队伍，为党的革命事业做出贡献。如果有一天来到汤家庄，不妨也效仿他们的生活方式，住一段时间，说一说远方的新闻，听一听过去的事情。

深山访古

自驾进入了黄山风景区山脚下的西部山区，遇到一座古村落，名字叫桂林村。村内有一户人家，依溪而居，门前是石板路，门面墙壁上镶满了精美的石雕与砖雕。主人说，这房子有一百多年了。

写意·山野

　　老宅的主人姓焦，焦先生说，房屋是祖上在清代建造的。砖雕全部镂空，进深有3层以上，工艺精湛、图案精美，在黄山周边地区的民居设计中，十分罕见。老宅门前石板路约2米宽，我们跪在门前仰拍，无法记录老宅砖雕的全貌，只好下到门前路边的沟渠里，站在水中拍摄，才能将门面墙上四柱两层的牌楼格局全部拍入画面。

　　老宅大门正上方的平面设计上镶嵌了两层镂空青砖雕刻：从下往上，第一层是"双狮戏球"，寓意家族吉祥旺盛；第二层（门罩顶层）是"百鸟朝凤"，寓意喜庆欢乐。大门左右两边的平面设计上另各镶嵌了一幅镂空雕刻：左边一幅为"凤戏牡丹"，寓意富贵绵恒；右边一幅为"麒麟送子"，寓意书香传承。每一幅砖雕上皆装配了楣檐，楣檐遮挡风雨，用以保护雕刻。主人在楣檐的设计上也花费了心思，在最上层，眉檐特别设计为"三戟"的图案，寄寓了主人对子孙的厚望。老宅门面上的宝贝能保留到今日，不能不说是奇迹。其中要经历多少艰难？主人说，一言难尽。

　　老屋占地208.88平方米，现在听来吉祥的数字，不知道当时是巧合还是有意。老屋是两进两厢，是最为简单的家庭实用空间。后进正中为走马楼。原有条形天井，取"四水归堂"的寓意，现已用玻璃作为屋顶。人在堂前天井下，不再遭受风雨侵扰，但是依然可以享受阳光照耀。

　　我们与主人攀谈，仿佛徜徉在旧时光里，很久才想起还要赶路。我们继续穿行在大山里，车在广袤的绿色里开久了，就有些寂寞。在一个三岔路口，一个贤村的标识引起了我们的好奇。拐进贤村，村庄里特别安静。马路是大黄狗的床铺，听见车响，一点没有避让的意识，只顾趴在马路中间，懒懒地看着我们。右前方屋檐下，一位老者在安静地坐着。

大黄狗定定地看了我们一会儿，慢慢站了起来，离开马路，拐进了老人旁边的小巷子里。正要发动车子时，又一位老人从我们车旁走过去，拄着拐杖，踽踽地蹒跚在马路上，走向空旷的远方。因为道路破损严重，开车容易带起路面上的灰尘，我们就把车停靠在路边，坐在车子里不动，目送着老人慢慢地消失在我们的视野里。

屋檐下的老人始终坐着，仿佛这里是一个公交车站，他正在等车。我们下了车，过去向老人问好。老人说，不要小看这条不起眼的马路，四十年前，这条路是贤村最热闹的地方。当年，上海三线厂的百货商店就建在这里，每天有近千人来这里购物、游玩，十分热闹。后来，三线厂撤走了，青壮年进城了，当年的百货商店被改建成了民房，老人就住在里面，没事就坐在屋檐下。他不是在等车，而是在等候那些回访的上海知青，遇到了，可以聊聊天。老人今年84岁了，我很遗憾，忘记问他的姓氏了。

贤村上空的乌云越来越浓密，因为害怕暴雨，我们匆忙地离开了贤村。当我们开到汤刘村时，天气转好了，风景生动起来。在黄山脚下，

写意·山野

　　白云始终在村庄的上空游荡，不时洒点小雨，让村里晒着粮食与衣服的人家防不胜防。农家出门前，干脆把玉米等粮食晾在二楼走廊上，用心良苦。一抹金色，温暖了乡村的气息，让生活鲜亮起来。

　　午后的夏日，汤刘村无比安详。一条古道穿过村庄，往山里逶迤而去。村内很多老屋没有修葺，依然保留着过去的风貌。乡村院落都是开放的，熟人带着我们到各家串门，在门口唤一声，就算打了招呼，有没有应答，都可以进门。院落在山坡上，视野开阔。我们拿了椅子，安静地坐下，闻着晒干的野菜香味。

　　云朵没有光芒的时候，天就暗了下来。这是一次夏日访古，邂逅太多旧时光的影像，留下太多新时代的乡愁。但是村庄内鲜活的色彩，带给了我们对未来的无限畅想。

黄山山麓太平

黄山龙源村

下午4点左右,我们在去往黄山龙源村的半路上,寻访到了传说中的龙泉寺。龙泉寺遗址尚在,但庙宇已经被夷为平地了,只剩下一根原来庙前的经幢,还有一池清泉——龙潭。从杂草间走进去,地面上铺满了瓦片,已经粉碎,传递着岁月的沧桑。

龙泉寺建于何时、毁于何时，目前没有文字记录，已经是一个谜。草丛里的经幢，材质为麻石，锥形六面，每一面都雕有图案及文字。图案为佛像，在柱面上端，端坐在莲花上，正合十施福，佛像面相慈祥，端庄含笑，令人望而生敬。在佛像下端，刻有"南无阿弥陀佛"，字迹娟秀，雕工精美。经幢石料已经开裂，孤立于杂草野树丛中，独望蓝天。

龙潭其实就是一池清泉。蓝天倒映在潭水里，意境奇美。带队的老人说，龙潭的特别之处有四个：第一，四季水位不变；第二，四季水质不浑；第三，潭底有两个孔，会定时冒水，冒水时，一个孔是热水，一个孔是冷水，水面上时常热气环绕；第四，龙潭水泡出来的茶特别提神，喝过后，明显感觉身体有力气。

就在离龙泉寺遗址不远的地方，龙源村古村落静静地坐落着。一进村口，映入我们眼帘的便是农家门边的打谷仓。家，就这样非常简明地诠释了。有房，有地，有的吃，有事情做，有点盼望，日子便可以过下去了。假如能够实现门联上写着的"走好运"与"发大财"，那便也是乡村最朴素的梦想了。

村庄虽然现在外观简陋，甚至有些破旧，但在历史上曾经一度辉煌。龙源村最早的故事要追溯到宋代。村内的教育机构城山书院，历经了宋、元、明、清几百年的传承。在宋朝时期，龙源村有文武状元焦炳炎、焦焕炎兄弟，近期发现一块宋代碑文，上面写着"文武状元里"，证明了这一史实。

龙源村目前有 2000 多人，传统经济保持种植水稻、小麦、油菜、药材等。龙源村种植的西瓜知名度很高，垂盆草的培育面积很大，成为新的经济增长点。政府鼓励创新，孙仲伏一家得到"贫困母亲创业基地"的政策扶持，发展成为当地的食用菌种植大户。云之鹏擅长种菜，他经营的"云之鹏蔬菜生产合作社"成为黄山区规模最大的茄子生产基地，产品远销杭州、上海等地。

龙泉福地，龙源宝地。历史的文化传承，让未来的乡村建设潜力巨大。信息技术与交通的高度改善，让乡村迎来新的区域中心时代。也许有一天，孩子们又会陆续回到村庄里读书，因材施教真正得到落实，能学到真专业、真技术。在具有工匠精神的教育理念的指引下，我们的城乡差别逐渐减小，人们可以在自己的家园从事更好的工作，享受更好的生活，采取更好的学习手段。龙源，智慧之源，有幸相会。

写意·山野

千年古刹翠微寺

　　当我们抵达黄山风景区西部山麓的翠微寺时，正值黄昏时分。浓密的乌云回旋在寺院上空，将夕阳遮挡在天外。彩色的光芒透过云层，形成霞光，光影瞬息万变，宛如金龙在腾飞。天空隐隐传来雄浑的雷鸣声，忽远忽近，此起彼伏，让人浮想联翩。

翠微寺所依的山峰为黄山翠微峰。翠微峰卓然独秀，形若大佛，四季云雾缭绕，透出无限禅机。古人描写翠微峰："花雨蒙蒙湿客衣，岩云重复锁禅扉。游人首觅黄山径，直指钟声自翠微。"尽管黄山风景区周边在过去为蛮荒之地，被原始森林覆盖，猛兽出没，但还是阻挡不了修行者的脚步。唐文宗大和二年（828），天竺国僧人包西来辗转来到了翠微峰下，不再云游，开始结庵修行，人称"麻衣道场"。

翠微寺正式得名是在公元947年，当时正值南唐保大五年，由皇帝李璟所敕赐。翠微寺香火绵延千年，历史上寺庙屡毁屡建。寺内唐、元、明、清等历代僧人墓塔以及各类碑记依然留存。寺周围翠微洞、青牛溪、探水石、袈裟地等犹能辨认。

1963年10月，时任外交部部长兼国务院副总理的陈毅，邀请了30多国驻华使节来黄山观光。其间，印度驻华使节就提出想要拜谒翠微寺，当时由于交通不便等原因，未能实现。1985年，翠微寺重新被修建为院落布局，前为山门，中为殿堂，后为僧舍，大殿依然保持清朝设计，为仿唐风格。匾额由时任中国佛教协会会长赵朴初题写。

1990年12月，黄山被联合国教科文组织作为文化和自然遗产列入《世界遗产名录》时，翠微寺与黄山慈光阁、玉屏楼等古迹一同被编入文献。据记载，大唐时期，玄奘赴印度取经和包西来到中国送经，成为佛教界历史上的佳话。至今，黄山翠微寺在印度、缅甸的影响仍然较大。

1993年，扬州高旻寺演龙法师来翠微寺担任住持，扩建千年古刹。1996年，在

写意·山野

翠微寺发现包西来灵骨塔，并在塔内发现了70余颗七彩舍利子和祖师缝麻衣之针，引起了国内外佛教界的广泛关注。

二十多年来，演龙大法师云游四海，广结善缘，在翠微寺原来院落布局的基础上继续扩建，发愿筑成40万平方米左右的"万尊玉佛苑"，营造佛教界奇观。目前，大雄宝殿、华严阁、藏经楼已经焕然一新，海内外来此修行的信士人数逐年增加，翠微寺迎来了最为辉煌的禅修时代。

夜色来临，作别时分。暮鼓声响，烟霞悠远。觉"心净意纯，我佛所云"。

黄山西麓 邂逅章村铁匠铺

三伏天,夏蝉一直在白杨树上不知疲倦地歌唱。烈日如火,叶子纹丝不动。

我们走到一个小村子时,浑身已经湿透。这时,远处隐隐约约地传来了阵阵打铁的声音,或轻或重,节奏分明,一下子打破了乡野的沉闷。

写意·山野

　　循声找到了打铁的小屋。小屋位于村头一棵大树下，因为有树荫遮挡，给人一些清凉的感觉。走进小屋时，老师傅正低头拉风箱，灶膛里的火苗呼呼作响，红蓝相间。师傅身边是一扇大窗，斜对着我们进来的大门。

　　老师傅戴着眼镜，一手拉着风箱，一手操弄着灶膛里通红的铁块，专心致志地察看着炉中铁块的颜色。看好火候，迅速夹出铁块，用铁锤猛打，火星四溅。铁块颜色快要发黑时，再度被放回炉中，加上煤炭，风箱一拉，火焰蹿起，红光闪耀，煤灰飞满小屋。

　　铁块被打成锄头的雏形后，便被淬火。刺啦一声，蒸汽从水桶里腾起，而后，小屋归于沉寂。老师傅忙了半天，这下可以坐下来了，点燃一根烟，眼神透过灰蒙蒙的

眼镜，笑眯眯地打量着我们。见我们出神的样子，他很高兴，自信刚才的表演一定很精彩，现在已经完美谢幕。老师傅整天一个人枯燥地打铁，环境又脏乱，能让游客产生敬意，实在是很有成就感。老师傅已经60多岁了，过去有徒弟，现在没有人学了。在传统的观念里，手艺人地位不高，铁匠收益低，又脏又累。铁匠工艺后继无人。

老人说，他的铁匠铺是目前黄山西部山脚下仅存的一家了。章村过去是一个大村子，多姓居住，除了章姓，还有方、焦、胡、邵四个姓氏，历史上英才辈出。清朝时期，章村出过状元，当地人引以为傲，修碑纪念，留下了"文武状元村"的美誉，方圆百里内，无人不晓。章村曾经是商业重镇，一度被称作"小南京"，名气很大。章村坐落在秧溪河上源，地势开阔，自古便是鱼米之乡。这样"田园牧歌"式的太平时空，直到清朝末年才被"太平天国运动"摧毁，十室九空，逐渐没落。

近期，章村重新被关注。考古学家在这里发现了规模较大的汉墓群，文物价值很高，为研究皖南以及黄山地区的古代史提供了珍贵的史料，也为将来旅游业的发展提供了宝贵的资源。此外，章村策划的"状元龙虾节"，影响较大，季节性的油菜花风光与红叶风光美名远扬。

从章村出来，脑海里时常响起铁匠铺里的铿锵之声，清脆响亮，仿若乡村的心跳，活力犹在。只是，打铁技艺本身是否也能进入"非遗"，让章村还能留下一些时代的节奏？

徽州府衙歙县

写意·山野

邂逅阳产

　　阳产古村落已经有五百年左右的历史，原住民姓郑，祖上迁自河南荥阳，辗转到徽州歙县，在距离深渡码头不远的一座山坡上落居。当地人山坡发音为"产"，故将村庄取名为"阳产"，以纪念郑氏祖脉，告知后人来去。

我在一个夏日寻访到这里，被金黄色的土屋深深地吸引，并在一户农家住了下来。第二天早晨，恰逢雨后，群山绵延，云海蔓延其间，仿若一幅山水长卷。一道道山脊在轻雾里若隐若现，宛若游龙。

山坡上，油菜籽刚刚收割完毕。油菜棵被雨雾打湿后，有一种油画般的重彩，显示着庄稼的尊贵与威严。油菜籽是山区人家的主要经济作物，油菜籽晒干后榨成菜油，用于烹制菜肴。山民除了留下一些自己用的之外，其余便出售，换一些现钱。

这里是大山深处，峡谷列布。为了生活，人们在这荒凉的地方建村筑寨、垦荒种植，安于天命，代代相传。在山上，第一件大事便是造房子。建一栋土坯房是一家人的百年工程，虽然艰难，但是设计精心、毫不马虎。房屋的建筑材料要从山脚下运上来，过去上山只有石阶山道，物资要靠肩挑背驮，每担在200斤左右，一天最多只能完成4担。可想而知，建一栋房屋需要花费多长时间，付出多少人力和物力。如果家里人少，房子靠一代建不成，就子孙相继。因此，阳产房屋的同一面土墙上，颜色会深浅不同。阳产土墙都是用黄土夯成的，黄土就地取料，造价低廉。墙壁内土沙空隙大，温度流失慢，因此，土坯屋冬暖夏凉。

阳产土楼鳞次栉比，大多为三层，沿坡而建，家门顺坡而开。特殊的建筑条件，使得一户人家往往有两三个门。一楼建在低坡处，就开一个大门，方便家人从山下回

写意·山野

来时进出。三楼伸向高坡，就开一个小门，家人上山做事时，就不会绕路了。有的人家二楼紧挨村道，干脆也开一个侧门，一切以方便为原则，因地制宜。山坡土地珍贵，一家紧挨一家，寸土寸金。一个奇特的景观是：村内的石板路就像是丝带一样，把每一户人家一环一环地绕了起来，又像是书法线条，飞舞在格子状的金色山村里。

山里人做事情不紧不慢，有多大条件就做多大事情，但都有百年大计。先将规划做好，条件差时，房子采取土夯方式，裸墙即可；条件转好时，就砌砖墙，也设计马头墙图案，在马头墙上刷上洁白的石灰。马头墙是徽州的一种文化符号，呈现着一户人家的面貌，传递着一个村庄的经济发展状况。

阳产马头墙很少。过去，大山里环境恶劣，生活窘迫。现在，阳产成了当地的旅游热点，村民生活发生了很大的变化。金黄色的阳产土楼群成为徽州极为罕见的"人文风光"，媲美福建土楼，让摄影人流连忘返。

本来要拆迁的穷苦村落，被"驴友"拍成了精美的照片。在网络时代，这些照片很快便被传到了全国各地，让远方的人惊讶无比。黄色的土坯房子，闪耀在蓝天下，坐落在白云里，原本荒凉的村庄瞬间成了城市人向往的天上人间。摄影人慕名而来了，用更具审美的画面，将土房子搬进了艺术的殿堂；海内外学者来了，村庄成了学术课堂；游客来了，人涌如潮。命运的逻辑，让这里的红土地又上演起一段新的人间喜剧。

日落时分，一位老人采完了茶叶，挑着担子，从山脊的金光里走来。趁他歇下担子休息时，我们追了上去，与他闲聊起来。他已经70多岁，与阳产村庄大多的男性一样姓郑，从蹒跚学步到现在，他一生的绝大多数光阴就生活在这群山之中。对于他来说，城市只是一个漂亮的玩具，很好，但是与他的生活没有多大关系。过去，实在闲了，产生好奇心了，他就摸出积攒很久的角票，进城去逛一逛。有了电视机后，坐在堂前就能看到城市里的灯红酒绿，对城市就更加不稀罕。劳动吃饭，吃饭劳动。只要身体好，孩子有书读，家庭和睦，一生也就这样了。

太阳在下山前，会将金闪闪的光辉倾倒给土楼人家。这时候，土楼更加辉煌了。太阳的热量被储存进土墙里，好让人们在寒夜感受到这些温暖的情意。太阳一落，山风就转悠起来，忽轻忽重，忽徐忽急。白天的暑气被驱走了，山村又变得清凉了。山居生活，一旦习惯了，便是诗意人生，你再也走不出来。

写意·山野

最能感受到这种诗意的地方，是在村头。坐在几百年的大树底下，俯视绵延不绝的山峰，遥望蓝色的地平线以及已经暗淡的云层。如果不是山路的提醒，你很难想象山村与城市是如何连接的。阳产距离屯溪只有一个多小时的车程，但是，一端是日出而作、日落而息的生活，一端是不分昼夜、灯红酒绿的运转。阳产的老一辈人不反对下一代离开村庄，但自己选择留守，守在祖上留下的土楼里，想想过去，聊聊未来，玩玩手机，优哉游哉。

要了解土楼里的时光，最好在阳产住几晚。去村子里聊家常，去山冈上看天光，在万象空明的熹微里等一次日出。小村子静静地坐落在群山里，炊烟升起，地平线近在眼前。

行摄周家村

夏季在城市里,知了没完没了的鼓噪,歇斯底里,要用音调将空气的温度拼命地升高,人们只好躲进空调间里,万般无奈。

热其实是一年中最宝贵的生命体验,汗流如注、汗流浃背、挥汗如雨、汗出如浆、大汗淋漓等,无不显示着生命中最豪迈的气度。

写意·山野

夏季避暑的方式有很多,我个人崇尚的是下乡。在大山深处,有大树,有溪流,有高坡,有深潭。乡下也有知了,但是发出的声音有曲调,有韵律,是一种催眠的歌唱。纯粹下乡去躲一次暑气,显然过于愚钝。百里或千里奔走,应该还有更有趣的事情要去做。比如用溪水煮茶,在栀子花香里喝茶;晨昏守候在山冈上,支上相机摄影;夜晚在伸手不见五指的阳台上瞭望星空。

2016年7月,仲夏时分,老杨与他的友人从湖北武汉出来了,带着摄影装备,还有冰箱。我带着整套茶具,陪着他们一起扎进了大山人家——周家村。

下午5点左右,我们抵达了歙县岔口的文昌古道。文昌古道是连通乡村的老石板路,据当地老人说,路修建于民国五年(1916),据今刚好一百周年了。当年,附近文山村里的一位富裕人家要嫁女儿,为了让女儿回家的路能平坦一些,于是独资修建了这条石板路,作为女儿的嫁妆。这条路经过历年延伸,逐渐成了连接当地岔口、武阳、昌溪三个乡镇之间的重要步道。

目前,这条古道已经长达6千米。从岔口村开始,经文山村,过武阳乡成富源,抵达昌溪乡坝源村的坝岭脚下。步道宽1.8米,路面大多是青石板铺设,精细结实。

改革开放之前,乡道公路还没有建设,大洲源的百姓去旌德县挑米,到县城读书,往浙江做生意,都依靠这条古道。在海拔高达600米的文山岭和坝岭之间,古道上沿途修建了6座路亭,行人可以在路亭里躲雨、歇息与赏景。在夕阳西下或朝霞满天时,亭影疏离,人迹散漫,意境悠远。

我们拣选了文昌古道坡度平缓的一段行摄。在坡顶上远望,视野开阔,天高云淡。群山绵延,村庄散落。古道隐约,河水溢彩。村民说,文昌古道是一座山里画廊。春天,油菜花漫山遍野,如同潮水;夏季,茶园郁郁葱葱,森林苍翠;秋季,枫叶、乌桕等树木叶子红了,万山尽染;冬季黑水白山,意境深远。一年四季,马头墙隐映在山林花海与云雾之中,如同仙境。

太阳落山时,落日余晖,百鸟归林。我们收拾好照相器械下山时,凉风徐徐而来。到达周家村,一进农家小院,就远远闻到了饭菜的香味。主人很热情,炉火正旺,碗碟齐备,八仙桌已经摆好。我们赶紧洗漱、擦把脸,立即围坐到了桌前。饭是热的,菜已经凉了,味道却非常可口。这是农家的生活,粗茶淡饭,虽然简朴,却极为有趣。

等吃完饭,我们才回过神来。院子里,已经凉风习习,我们就搬了桌椅到院子里坐下了,摆开茶具,然后一阵沉默,各自望着夜空发愣。沉默后上茶,话题一个个开始,宛若村子上空的星星,慢慢浮现出来。主人拿来了扇子,我们就摇着蒲扇,喝着金山时雨、行书房红茶,还有安老师一行远从武汉带来的台湾冻顶乌龙,叙旧谈心,一直聊到半夜,浑身凉透了,直到困了,我们才回房睡觉。

农家是两层楼,楼上楼下各2个房间。楼

层隔板与房间隔板是木制的，走在二楼过道上，地板会发出很大的声响。我们开门进屋后，隔壁说话的声音能声声入耳。床铺垫板也是木制的，每一次翻身，床板都会发出奇怪的声音，令人胆战。主人不太关心声音，他们只担心蚊子，早早在每个房间里已经点上了蚊香。蚊香的气味很浓，有点呛人，闻起来让人昏昏沉沉，正好可以催眠。

夏天在周家村行摄，吃点土菜，喝点清茶，拍拍走走，聊聊笑笑，似乎无所事事。然后懒懒散散，即便想睡觉的时候，似乎也是心有灵犀，大家很快就能找到自己的枕头，合上眼睛，凉风慢慢从窗外钻进来，好一个乡村无梦。

徽州府衙歙县

徽青古道回眸

徽青古道是旧时徽州人通往外部世界的陆路主道。路面由青石板铺砌，宽阔、厚重，盘旋蜿蜒在崇山峻岭之中，历时千年。即便现在，轻步而上，我们依然能够体味到在往日岁月中古道给徽州人带来的无限深情与希冀。

这样的规制近 2 米宽的石板路，在过去是官道的级别，能够承载官轿的通行。在这一条从徽州府去往池州府的古道上，原先的驿站、茶亭逐渐发展，变成了眼前所经过的乡村。这些乡村在过去一度喧哗，迎来送往，堆存下无数的人间故事。无关乎冷暖，大多是离合。

光洒落在正在出行的农人身上。在深山老林里，过去靠刀耕火种，是根本无法养家糊口的。祖上只能沿徽青古道，外出谋官、经商或者学手艺，以此来换取命运的改变。但是现在，住在荒林里的农人，已经不再为生计忧愁。网络时代，生产力的提高，让劳动已经成为一种休闲方式。年轻人早已经去城里发展，大多在城里买了新房，娶妻生子。从青石板路上传回的轻慢足音，正应和着农人怡和的心跳。

每一处石板桥，都留下一段往事。桥头随意放置着簸箕，里面晾晒着日常物品。桥下流水潺潺，水位的枯盈，昭示着季节的变化。而在桥的两头，因为有流连的思绪，就有了人家。这些人家似乎都与等候有关，等候迎接桥上的笑脸或者送别桥上的背影。桥两旁的石凳，是农人吃饭聊天、乘凉说事的座位。你可以想见在旧日岁月里，马帮、商人抑或是学子经过时，驻足寒暄的温暖场景。

走上高坡，蓦然回首，眼前豁然开朗。古道蔓延在天地之间，成为徽州万重大山之中的一条丝带。初秋的落叶已经开始飘落，撒在破裂的青石板上。接近中午，竹木的光影正好投射在古道上，自由地随风涂抹，如一幅幅的画面，让孤寂的旅途生动起来。

半路上，有一线清泉贴到了古道边，古人就在泉水旁建了一处路亭。路人可以在这里歇歇脚、擦擦汗、聊聊天、喝口水。光静静地照在水面，透进水里，让水底的落叶熠熠生辉。泉水又把阳光反射到凉亭四下，迷离而晃眼，让人恍惚，又令人觉得清新。

走到山腰处，便进入高山村庄了。硕大的南瓜晾晒在小巷里，享受着初秋正午的阳光，是古道上最为浓烈的暖色。这些南瓜既让人赏心悦目，又美味甘甜，是乡村过冬的杂粮之一，农人储存起来，可以吃到来年的初春。

村庄内很少遇见人，大部分青壮年村民下了山，到城市去谋生了。村里的老人舍不得一辈子生活的地方，留守在此。今天他们正忙着采收秋蚕，一位老人挑着满满一担白花花的蚕茧从我们身边擦肩而过，急急忙忙，正赶去卖。丰收的心情总是愉悦的，无论贫富，无论城乡，劳动换来的笑脸应该是人世间最为高贵的容颜。

徽青古道适合一天往返。中午可以在高山人家蹭饭，吃点农家菜，喝点农家烧酒，付点茶水钱。饭后如果犯困，不妨也在农家热热的秋阳下小憩一会儿。醒来时，带一点微醺，循徽青古道飘然回家。

夕阳西下时，石桥上又晾晒了一层青菜，

农村要开始腌菜了。这些青菜经过晾晒脱水后，就可以拿来制作腌菜，十分可口。这座石桥最为宽大，是从五猖庙进入徽青古道的第一座桥。桥下溪水湍急，乱石堆列，春汛来临时，徽青古道沿途溪水猛涨，奔涌的场面异常壮观。

古道西风，旧日瘦马已很难觅见。我们怀念古道的原意，到底有多少遐思和妄想？到底有多少寄托与希冀？岁月与下午的阳光一起流逝，然这座古桥还能在工业社会的乡村大山里幸存多久？这份荒凉，是一种警示还是一份被遗忘的馈赠？

徽青古道由皖南徽州府城至青阳县。出歙县北门，西北行，过万年桥，经富堨镇至许村；由许村北上，经五猖庙、茅舍、茶坦至箬岭关；过箬岭关，入太平县境，至上岭脚，经谭家桥、感样里、讫溪、马兰地、三口至仙源；西行至甘棠，转向西北，经秧溪河至广阳，广阳北上直通青阳县城。

千年以来，军民官商、轿马车驼从徽青古道上经过，箬岭关气势还在。南端许村，廊桥、古塔、牌坊，古朴精美。北端谭家桥，古道厚重，旧关巍立。箬岭关关口海拔950米，越国公汪华忠烈庙遗址历历在目。到这里，如果不出关，折往东北方向，就可以到达绩溪上庄，这里是中国新文化运动领袖胡适的故乡。

距关口1500米的茶坦村是我们今日的目的地，海拔在850米左右。当年有"茶茶坦，板门面，家家户户开店面"的繁忙景象。但今日所遇，茶坦村已经成为宁静的所在。秋阳很近，山风很凉，农家的笑脸十分可亲。

古道回眸，绵长的石板路在经历岁月的磨砺后，显得如此轻盈。徽青古道记录着徽州千年的生活故事，倾诉着无法改变的悲欢离合，谱写着生生不息的轮回演绎。

徽州府衙歙县

呈坎秋实

婺源高山之上的"篁岭晒秋"已然成了徽州农耕文化的表征之一。习惯了篁岭的晒秋影像,习惯了篁岭的粗朴砖墙,似乎这些就是古徽州最恰当的"乡村秋意"了。

近日，坐落于徽州河谷地带的呈坎古村也出现了"晒秋"的景象。在即将立冬的节气，呈坎举办了自己的感恩节——"春祈秋报"。广场地面上厚重的青石板以及广场四周的白壁黑瓦与马头墙，营造了呈坎富庶优雅的历史背景，让呈坎晒秋呈现出更为深厚的文化意蕴。

一入呈坎村头，就能看到色彩缤纷的"摆设"，构成了极为盛大的"秀场"。这些晒秋，似乎在极力营造乡村的劳动气息，唤醒人们的怀旧情愫，同时又在表达着娱乐时代的消费心情，场面显得艳俗而张扬。然，一切都是心的表达。呈坎把农业时代的丰收喜剧，用直白的方式，演绎成了一场盛大的舞会。

现在，对于生长在城市的孩童或年轻人，已经无法想象，南瓜是可以这样削片挂晒的，而且他们肯定不知道，南瓜片可以晒成干菜，佐肉烧制，是一道美味佳肴。当冬季来临时，大雪铺盖田地，新鲜蔬菜短缺时，这些晒干的农货，能成为乡间人家在寒冷日子里最为便利的食物。

下午4点半左右，天变阴了，农人开始收拾晾晒在呈坎广场的稻谷和玉米。农人说，我们运气好，明后天下雨，就看不见这些东西了，这些晒干的粮食即将入库。呈坎人家今年丰衣足食。

在古徽州历史上，呈坎古村落望族显赫，名人辈出。呈坎人崇尚风水，村落营建按照阴阳八卦理论设计，至今依然留下诸多神秘。呈坎最早取名为龙溪，到了唐朝末年，江西南昌府罗天真、罗天秋两个堂兄弟举家迁入后，就参照《易经》学说改了地名，一直沿用至今。进入宋代，呈坎逐渐扬名。当时的理学家朱熹赞誉呈坎说："呈坎双贤里，江南第一村。"

呈坎历代修建都严格按照《易经》的理论选址布局。村庄依山傍水，逐渐形成三街、九十九巷，宛如迷宫。呈坎目前是全国保存最完好的明代古村落之一，至今依然保存着宋、元、明等朝代的古建筑群。当代国画大师刘海粟说"登黄山不可不去呈坎"。村中的罗东舒祠和呈坎村古建筑群先后被国务院确定为全国重点文物保护单位。

过去宗法时代，各宗族有着强烈的荣誉观。读书做官是宗族的最高要求，出人头地是族人的终极目标。通过在祠堂内挂匾等方式，表彰族内的杰出人物，激励与鞭策后代重视教育、读书做官。风水、教育、彝伦，弹指千年时光。

满眼秋色就铺在古老的石板上。农事是一项庄重的劳动。士农工商，在中国传统农业社会里，主事农业的同时，也在研究农业，研究地理，研究天地奥妙。在当时的社会群体中，士、工、商者随时会回到自己的土地上，从事农业生产。农业与文化、艺术、商业等无时不在发生着千丝万缕的关系。

火焰一般的辣椒展晒在广场中央，丰收的喜悦火辣辣地蔓延在秋日呈坎的空气里。我梦想有一天，城乡差别消失了，这些辣椒挂在摩天大厦的某一角，抑或是出现在机场或高铁上。

写意·山野

　　我们在呈坎遇见的"晒秋",是按风水展示的。呈坎独特的"风水文化",首先培养出了学者罗愿、罗颂,他们被朱熹誉为"双贤";其次还有思想家罗东舒、艺术家"扬州八怪"之一的罗聘等。这样的乡村,你还能轻视吗?这里的"晒秋",你还会轻慢吗?

徽州府衙歙县

乡村天伦

从空中俯瞰,徽州大地山峦起伏,河谷纵深。逼仄的盆地,如同丝绸一般延伸在崇山峻岭之中。城镇与村庄就像宝石,镶嵌在河流与山谷之间。炊烟起时,氤氲缭绕,让这方时空成为童话般温暖的人间秘境。

历史上，这片土地还曾有过两个悦耳的名称，分别是新安和歙州。从秦始皇时期到现在，两千多年，由于万重大山的阻隔，乡人世代对宗族的尊崇理念依然持续，厚重的徽州文脉得以留存。乡人说古语，尚古习俗，坚守着老村落的旧时建制，追求着天伦之乐的终极价值。

乌桕树的叶子红时，枫叶黄了，收割的季节来临了。金色的田野，瓜果飘香，人们沉浸在丰收的喜悦里。现在，由于人们生活水平的提升，生态环保的粮食作物受人青睐。农村里种植的稻谷不再是为了变卖，而是自己享用，或者是作为礼物，送往城里的亲戚和朋友。如果高档餐馆或者酒店想要购买这些生态环保的粮食作物，得提前一年预订好，否则一米难求。在中国历史上，这是农村从来没有过的供销变化。

亲戚和朋友提前得知收割的日期，一般会及时赶来。在体验农忙的同时，自己也可以见证收割的过程。能亲自收割自己吃的稻谷，那种心情是不一样的。一脚踩进稻田，亲近之情油然而生。汗味、泥土味以及稻草味混合在一起，散发出独特的劳动气息。收割完稻子，就在农家喝喝老茶、尝尝瓜果，吃个丰收宴，那种日子，真快活。夜幕降临了，村庄里传出的划拳声，响彻夜空。

稻谷收割完，秋季也就很快过去。每年的初冬时分，农历十二月前后，农村就要开始准备春节。直到现在，徽州乡村，家家户户还保留着自给自足的习惯。过年用的麻糖、瓜子、苞芦松、咸鱼、腌肉等都是自己准备。新出的稻米是制作米酒、年糕和冻米糖的最好材料。城镇居民已经习惯网购了。但是在农村，乡民还保持着家庭作坊的热闹场景。这一热闹小作坊精制的糕点，除了给村庄带来喜庆的味道，还能成为网红食品，供不应求。

在徽州（现黄山市三区四县外加婺源、绩溪），从除夕到正月十五，一直都在过年。这时候，勤劳的乡村完全沉浸在享乐中。放鞭炮，挂灯笼，吃团圆饭，说吉祥的话，挨家挨户拜年。节日成为幸福时代的"苦恼"。自制糕点，自酿米酒，自己烧的徽菜，还有温暖的拥抱，都成为春节的延时记忆。甜中带酸，让人回味无穷。

早春二月很快来临。新绿初绽，溪水渐亮，乡村的原野在慢慢苏醒。老人开始盘算起新年稻米的种植面积，年轻人开始约会，徘徊田头，在空旷的田野里，寻找离别的滋味。春节的余韵尚在，乡村里青春的背影却越来越少了。徽州二月，枝头新芽正发，

写意·山野

屋舍鸟语花香，或留或走，古道回眸，意韵悠长。

　　无论何时，徽州都是一幅画。田野、溪流，老屋、老人，古树、古道，旧村、旧礼俗，浓郁的怀旧气息、城乡之间的文明落差，让故乡似乎一直都停在记忆里，停在久远的时空中，让人熟悉而又恍惚，如行走在前世，欢欣却又无限惆怅。

　　在徽州漫步，要知道如何解脱自己，学会做一个旁观者。如同在欣赏一部电影时，静静地注目着银幕上故事的演绎，而我们自己，正逐渐淡出。

深渡古渡，仙境走廊

　　2015年12月2日下午，我们品尝了歙县县城徽菜的风味后，继续向东，顺着新安江山水画廊，前往徽州古渡口——深渡码头。

写意·山野

自古以来,深渡便是徽州通往浙江的水上门户,这里江面宽阔,江水浩瀚。因水路交通便利,徽州人从这里走出山区,通过新安江水域沿线城市,辗转全国,经营着他们的仕途、商旅与人生。

深渡码头在唐朝已有雏形,兴盛于宋,素有"安徽省南大门"之称。据记载,最早移民此处的望族为成都府探花姚支仲与其子治易,时间在979年,距今有一千多年历史,正值北宋的强盛时期。当时姚氏父子在歙县任职,爱其山水,便不再返回故乡,举家定居于此,绵延子孙。又过了一百八十年,到了南宋时期,1159年,湖州府的姚氏家族也迁来了深渡。子孙勤勉,成为深渡后来发展的重要力量。深渡通过世代建设,到了明清时期,已经成为徽州重镇。对于姚氏家族对深渡的贡献,曾有人赞道:"深渡渡船深渡渡,摇来摇去两边摇(谐音'姚')。"这副对联,成为赞美深渡与深渡姚氏的千古绝句。

因深渡之美,改革开放后,新安江山水画廊风景区便应运而生,成为世界旅游名胜。全长百里,奇山异水。徽风古俗,令人叹为观止。

徽州历史上发生过三次大规模的移民,分别在晋、唐末与两宋时期(《舆地志·风土》卷一记载)。每一次移民,深渡都扮演着重要的角色。宋时,深渡的军事地位十分重要，在朝廷的重视下开始繁华。徽州地处万山之中，旧时通往外界的交通，主要依靠新安江水路。徽州的物资顺江东下到浙西、上海等，而江浙一带的日用物资溯江而上，被运到徽州本土。某种意义上，在民国以前，火车未开通前，新安江是徽州人最重要的生命线，而深渡便是这条生命线上的咽喉。

明朝后期，关于新安江水路专门出版了各种"商旅指南"，详细地列明了沿江的地名、里程、驿站和闸名。例如，明天启六年（1626），《天下路程图引》出版，其中就详细介绍了歙县至深渡这段水路的资料。所以新安江山水画廊，是一条述说徽商峥嵘岁月的历史长廊。自然风光与历史古迹引人入胜，如凤凰岛、半岛凤池村、九砂古村、新杨民居、老作坊、将军埠古戏台、千年古樟树、徽州女儿十里红装、万亩枇杷园、三口蜜橘等，其中故事让人百听不厌。

九砂村是深渡江边一个古老的小渔村。即便是小渔村，这里仍有上百栋保存完好

写意·山野

的徽派古民居，是新安江山水画廊景区的重要组成部分。其建筑之精致，令人震撼。风池村处于深渡镇正对面，又称大对河。据传，朱元璋曾隔河与隐居此地的风池先生喊话，欲请风池先生出山匡扶大业。如今听来，生动有趣。

绵潭是离深渡码头最近的大村庄。为了推广传统文化，村里成立了徽剧团，天天表演徽戏，还有江上鱼鹰捕鱼表演。绵潭村四周都是水果树，主要产枇杷和橘子。5月枇杷熟了，人们可以爬到树上吃饱了再买。11月柑橘红了，酸酸甜甜，任你去吃。在绵潭逗留，不妨到老作坊里去体验一下木榨油，或者用人家的石磨做一次豆浆。

在深渡听故事、赏美景，美食不可错过。漫长的码头历史，让深渡美食深入人心。如深渡包袱，其实是再普通不过的徽州饺子，因为状似月牙，又如徽商远行所背的包袱而得名，味道因此也与众不同。吃深渡包袱饺，再佐以刚出锅的猪油渣，口感鲜嫩、香美，亦如思乡之情，让人欲罢不能。

又如深渡毛豆腐，据传已经有两百多年的制作历史，其工艺至今在徽州依然独占

鳌头，色、香、味别具特色。过去山区物资匮乏，人民生活艰辛，徽州人硬是在小小的黄豆上做文章，将最普通的杂粮变成大众餐桌上最珍贵的佳肴。深渡码头经济繁荣、文化发达，因此美食丰富，比如享誉各乡的深渡鱼宴等，这里就不一一列举了。君到深渡，漫步古街，自有口福。

深渡码头是徽州的富庶之地，这里的人们重视健康，因此历史上名医辈出。其中定潭"张一帖"，在2010年入选第三批国家级非物质文化遗产名录。张氏悬壶始于宋代，是徽州历史上最为悠久、医德高尚、声望远扬的行医世家。"张一帖"在治疗急性热病、内科疑难杂症上有奇效，往往一帖药而起沉疴，医效好、费用低，深得乡民爱戴。徽州地处大山深处，因地制宜，自明以来，医学水平一直在全国名列前茅。徽州有好山好水，有医疗保障，怎能让人不恋故乡？

深渡的新安江山水画廊四季如画。春天，两岸山花烂漫，俏丽多姿。2月有野樱和梨花，3月有桃花和油菜花，4月有杜鹃，5月有枇杷等，倒映于江水，美轮美奂。

写意·山野

秋季，山坡上乌桕树红了，枫树黄了，银杏树变为金色了，红黄互绘，蓝绿相衬，无比生动。到了冬天，寒风与暖阳让时光慵懒下来，江畔上休闲的老人与小猫一起仰躺在阳光下，眯着眼睛，看着来来往往的过客。江面上渔船穿梭，渔民互答，别有风情。

"深潭与浅滩，万转出新安。"在深渡的新安江段，两岸高山密林，半山茶园，低山果树，水是鱼的世界。古村掩映其中，马头墙交相辉映，构成立体的生态画面。徽州好山水太多，而深渡是最奇特的仙境走廊。

故乡绩溪

写意·山野

丰收香满绩溪岭南山谷

　　小满时节，绩溪岭南山谷呈现出一片繁忙景象：麦子金黄，油菜陆续收割，山雀欢鸣、清风徐来，空气里流动着丰收时节的奇妙芬芳。

尚村属家朋乡。一到农忙，村内巷道便看不到乡亲的身影。不时出没的，只有慵懒的小猫、无事的小狗以及闲逛的鸡鸭。因为农忙，儿童无人看管，便会偷跑出来玩耍，欺负村内胆子最小的鸡鸭，时不时给宁静的山谷里造成一阵喧哗。孩子们只有在遇到匍匐的大黄狗时才会乖巧起来，停止恶作剧，小心地绕过去，让村巷重新恢复平静。

徽州多雨，抢收漫山遍野的油菜与小麦，需要村民们集体行动。在异地工作的家人也要陆续赶回。这是一年中继春节、清明以后的第三次团聚。即便在外读书的学生，也会因为家里劳动力不够，及时地请假，返家帮忙。为了提高效率，村民一般采取流水作业，庄稼收割完后，及时在田里把颗粒打下、装袋，将秸秆焚烧做肥料。这几日，村民吃喝就在田里了。老幼负责烧饭烧菜、端茶送水，青壮年负责收割作物、运送粮食。

听欢声笑语，看浓烟飘浮，问车夫往来，这时候的老人是最高兴的。丰收带来热闹的景象，唤醒了他们在"农业学大寨"时期的青春记忆。那时候，乡村生机勃勃，人民公社，知青下乡，家人团聚，集体劳动。农民的日子虽然清苦，但好歹是国家的主人，再穷也没有人嘲笑。

尚村是绩溪的千年古村，民风淳朴，始于宋代。村民世代在深山砍伐、砌坝、围田、筑路，形成了今日尚村的格局。许姓最早来尚村聚族而居，到明清时期，发展成十姓。祖上的坟墓安静地坐落在山林里，子孙的田地也扩展到每一处山岗。

从尚村峡谷沿溪顺流而行，很快便到霞水村。自驾从霞水村往南过湖村、赤石坑和岭脚下村（近年因修建水库而消失），便进入了伏岭镇境内。伏岭山谷土地平旷，水域渐宽，是登源河的上游。民国以来，从伏岭渔川可以坐船，江南第一关就在岸边，一度商贾云集。眼下是小满节气，田里青黄相接、山野飘香。远行或归来的游人，不免都感受到人生的欢欣。

伏岭历史上商业发达，文化昌盛。山谷里土地肥沃，盛产油菜籽、小麦、稻米、花生、番薯、高粱、玉米等，让伏岭人有充分的条件烹制美食、研发美食。伏岭人商儒并重，注重艺术与烹调，徽剧与徽菜是伏岭人对徽州乃至中国传统文化的重大贡献。至今，伏岭依然保留着中国徽剧艺术最完整的表演资料与文献资料，延续着徽菜制作的传统手艺。在伏岭，有一种风俗很大气：男丁满三十岁，族人要舞狮庆贺；满四十岁，祠堂要摆大戏。春节赛琼碗，元宵舞长龙，秧苗节抬阁。伏岭乡亲总有理由为人生寻找欢乐。

六亩丘是绩溪的一处小村落，属伏岭镇。邵家的麦子黄了，老夫妻一边收割，一边在盘算着孩子们何时回来，盘算着为孩子们做哪几种馅的"绩溪挞粿"。现在，农家收割的小麦基本都用于自家，即便出售，也只是限于亲朋好友之间分享。工业化时代，城市占据了大量的社会资源，那么乡村，就留一点自给自足吧。乡村人家，福祉天成。

这样的欢乐，不只是丰收传出的气息，还有一家人在劳动过程中酿制的亲情。乡村的自给自足、集体劳动、团结协作等，无不传递着乡村的快乐元素。村民奔波在四季的辛劳里，耕耘着自己的土地，描绘自己的生活梦想。从再垒一个猪圈，到再听一场大戏，到再买一部新手机，一切源于适当的追求，不偏不倚，不多不少。

劳动之余，在岭南山谷，要会吃、会玩、会传承、会创新。今晚，上马石村的朱家戏台又要启用。朱老曾是乡村工匠，擅长古建描绘，练就一手好画。徽州山水，尽览于心。随时绘丹青，徽韵毕现。朱老一生勤奋，建了自己的欢乐谷紫园。除了书画，他对戏曲也研究颇深。今夜小满，他要把明时引进到徽州的昆曲与徽州本土唱腔融合，唱一曲极富韵律的徽剧美声。他说，中国梦，就是要让乡村欢乐开怀。

写意·山野

登源河畔种田忙

　　初夏,在登源河畔。小麦与油菜已经收割完毕,水田要插秧苗,旱地要种玉米,节气不等人,乡民随即进入另一个忙碌阶段。农民全家出动,在水田里灌水、犁田、施肥、插秧,在山坡上挖地、耘地、平整、播种,互相协作,此问彼答。风过传声,山谷里一派热闹景象。

忙碌是辛苦的。但是因为有过一次春后的小丰收,所以当下的劳动,充满欢悦。乡村的幸福很简单,有收成,有盼望,生活自在,处处和谐。

村庄里的青壮年大多去了城市工作,农活落在留守的老人身上。因为山区耕田地块狭小、不规整,机械不便操作,只能用牛耕地。犁田是最难掌握的农活,需一手把握犁尖角度,一手控制耕牛速度。犁尖入地太深,耕牛拉不动,反而伤牛;犁尖角度太浅,牛会带着空犁乱跑,又容易伤人。所以,恰当的力度需要多年的摸索。

一块田地收割后,乡亲先灌水入田,把土壤翻耕一遍。之后,平整泥块,让土壤变松软。最后插秧时再次灌水,将田里的土壤变成泥浆,便于秧苗生根。这个过程,乡亲们称之为粗耕、细耘和盖平三个环节。

水田细耘时,乡亲们要往田里均匀撒肥。山区地少,农田反复使用,很少轮休,因此播种前,非常重视施肥。先往田里放一些鸡、牛、猪粪之类的有机肥,这些肥料腐化速度慢,刚好满足庄稼生长过程中对养分的需要。水稻抽穗前,再往田里施加尿素化肥等。

农忙时节,山村以家为单位进行互助。劳力充足的人家,在前期忙完自家的拔秧、插秧和玉米播种后,根据需要,去帮助亲戚或邻居,实施互助。秧苗从秧田里被拔出后,要扎成捆,方便担运。秧苗是水稻产量的关键,长到8厘

米左右时移植，效果最好。

"插秧很累。"晓风说，"在我中学时代，农忙季节要回家抢种，一天下来，腰疼得直不起来。"插秧的时候，赤脚站在水田里，弯着腰，倒退着移动。水田非常泥泞，步伐要稳健，否则摔倒了，一身污泥。为了让秧苗保持适宜的间隔，农民要用秧绳、秧标或插秧轮在稻田中做标注。山区地形起伏大，人工插秧速度慢，只能多花一些时间。

水田旁边就是坡地。玉米需要点种。挖一个小坑，播上几粒，盖好后浇水。当水田、旱田两头忙不过来的时候，读书的孩子就要请假回家协助，甚至刚会走路的孩子也能参与其中。在坡地上，我们邂逅种旱地的一家老小，有的挖坑，有的播种，边劳动边说笑，其乐融融。乡村的孩子在田野中成长，在劳动中学习，在亲情中开悟。

芒种时节，日夜温差很大，乡亲在早晨和黄昏清凉的时候出去劳动。黎明即出，日上三竿时回。黄昏再出，天黑时归。早晨结束劳动后，早餐就坐在巷弄门口吃、喝着菜粥，佐以腌菜萝卜，再加两个煎鸡蛋，味道好极了。站在门前的方爱玉老人说："稀粥稀粥，健康长寿。"

村里吃饭是一场聚会，边吃边谈天说地。荷月老人见有来客，热情地招呼，问我们有没有吃饭，想不想尝尝她家的菜粥。她家在今天的粥里放了各种野菜、果仁，她说要比城里的八宝粥更好吃、更有营养。人越聚越多，一个个端着饭碗。《桃花源记》中，有这样一段描写："见渔人，乃大惊，问所从来。具答之。便要还家，

设酒杀鸡作食。村中闻有此人，咸来问讯。"芒种时节，忙而安心。现在，乡亲们种田不是为了出售，而是为了让家人能够吃到当年的新稻米。运堂老人说，自家种的米，好吃。

百鸟村只有40多户，170人左右，基本姓章，少数姓周和姓方等。村外登源河，是乡亲们的母亲河。村内一条小巷，是乡亲们的信息长廊。河岸两列大山，是乡亲们的百宝箱。

登源河畔，乡村生活怡然自得。值得注意的是，徽州乡村在城市化的进程中逐渐"空巢"。2017年5月26日，在绩溪乡村，我咨询六位从事农田耕作的老人，最年轻的59岁，最年长的85岁。遥远的乡村，逐渐清晰，又逐渐模糊。但涌动心间的，始终是愉悦的问答与和美的乡音。

写意·山野

修行老屋

"夫天地者，万物之逆旅；光阴者，百代之过客。"繁荣与萧条，热闹与冷清，光明或不光明，荣耀或不再荣耀，世界始终遵循客观规律不断轮回。

植物是勤奋的。只要有点水分，有点泥土，有点缝隙，温度适宜，植物就会生长，就会攀升，完全理会着老屋的希冀。老屋新建时是庄严高大的车间，拥有当时最先进的工业化生产机械，精英们曾经忙碌在它的怀抱里。但是现在，老屋被遗弃了。除了铁锈、破损的玻璃与斑驳的水泥，眼前只剩下泥做的砖头。老屋静默地匍匐在群山深处。老屋在修行。

老屋曾经备受关爱。维修工会定期沿铁梯上到屋顶检修，墙壁上都被粉刷了洁白的石灰。现在，铁梯已被废置，老屋的粉壁大多脱落，裸露着红砖，如同被剥去了皮肤的肌肉，一任风吹雨打。

虽然破败，但倚墙生长的植物依然茂密。老屋认为，但凡有益于生命的，存在就有意义。植物的生长给老屋喜悦。老屋能够深切体会根系在墙壁里、墙根下延展的细微力量。伴随着植物的生长，虫子寄宿其间，山里的野兽也来做客。

树木一旦长大，就会跟老屋说，不要再站在风雨里，休息休息吧，躺下会舒服些。苔藓不高兴，苔藓喜欢在老屋顶上，吹湿漉漉的风；窗子不高兴，尽管破了，但是喜欢光明；车间里的风不高兴，风喜欢在老屋的里里外外游戏，一如当年热闹的时候。

植物只管攀登。墙根的植物长大后，就把种子播上屋顶，让后代在屋顶扎根。蕨类植物、苔藓类植物，还有叫不出名字的各类植物，围绕过来，依偎着老屋。老屋似乎依然被依恋。老屋有说不完的故事，让夜晚的黑暗无比生动，让寂寞的山谷有无限

深情。老屋只管修行。只是窗子的铁框在一天天虚弱。

老屋的大门,曾经有过无数的风云人物从这里进进出出。二十九年前,大门的命运开始转折,逐渐冷清,也与老屋一起进入了修行。

门是最有趣的配件。需要做样子的时候,两块板一拼即可。世间任何配件都被主观臆断披上了概念,分成庄严的、豪华的、坚实的、雅致的。即便是柴门,如果有文人到现在的门前吟诵"应怜屐齿印苍苔,小扣柴扉久不开",那么这门便深入读者心里,成为艺术的表征。可惜老屋的门板没有生活在诗歌的时代,没有诗人咏叹。老屋传来声音:修行。

老屋原配的门很厚实,其用料揭示出老屋当年的身份——特殊时代,在乡村依然十分贫穷的岁月里所建的三线厂。突然有一天,在荒凉的山沟里,一座座三十年后才能在县城普及的楼宇拔地而起,让周边村民十分惊奇而崇敬。他们一边低声神秘地谈论"打倒修正主义,打倒帝国主义",一边无限深情地仰望高楼大厦,那种心情是多么复杂。老屋不想回顾,传来声音:淡定,淡定。

环视周围,与老屋一起修行的楼宇厂房,只剩下他一座了。他有些宽慰,有人说,他是修行者中最杰出的。他可能成为三线厂在皖南山沟里唯一的博物馆。但这只是传说。

好事者为老屋写了备注:无意中进入绩溪瀛洲的一个山谷,邂逅遗存的老厂房。据说该厂叫光明机械厂,在三线时代属于上海市后方轻工业公司。1969年建,占地面积14.4万平方米,建筑面积6.7万余平方米,原为军工企业。1980年转产400毫米美乐牌电风扇,年产7万台。1984年有职工1595人,固定资产净值1427万元,流动资金352万元,设备732台(套),总产值883万元。1985年产值1000万元,税金50万元,亏损166万元。1987年1月移交绩溪地方政府,更名为皖南光明机械厂。

写意·山野

阳光照耀的家朋溪水

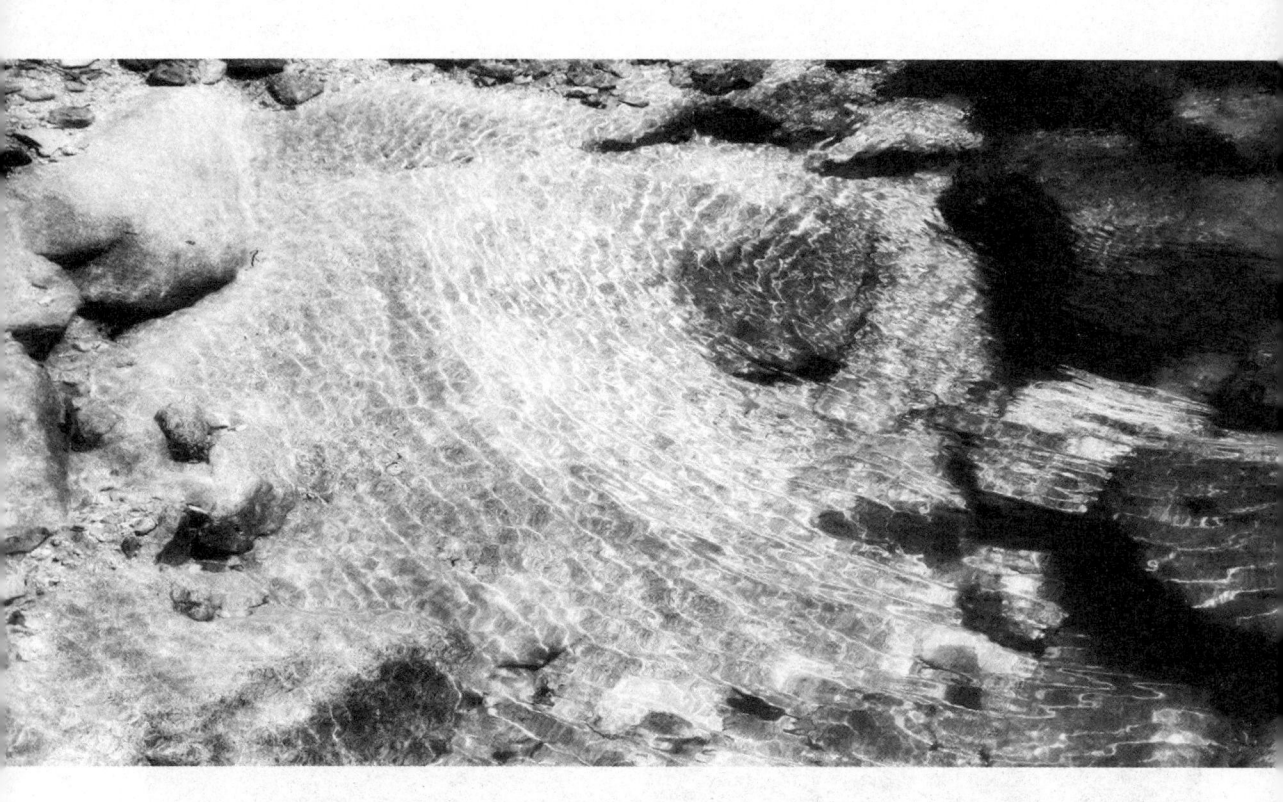

　　我应该如何对你倾诉,阳光照耀的家朋溪水?柔软的细沙,载着昨夜水街人家的梦想,静静地流向万重大山。根本没有对梦的选择,也没有承诺,只有流动的信心,向未来前进。

这是黎明时分家朋山冈上的枫树，我没有走近你，是因为我内心对你的崇敬。我惊讶于家朋早晨浓淡相宜的云雾，在阳光出来前的一刹那，这古老的枫树在云的白色丝巾上留下无言的凝重。我以为这庄严的时刻，是早晨迎接温暖的神圣典礼。

当第一抹朝阳映照在村庄万户的脸上时，原来守护在村庄的云雾便退到大山更深处、遥远的山巅，让早晨的人们看到远方与天相接的世界和对山外的幻想。村庄里传来牲畜浑厚的呐喊声，原本一直鸣叫的蛙突然因被惊吓而停下，村庄陷入了短暂而出奇地寂静。农人一天的生活明亮起来，雨读晴耕，是一种优美的士大夫梦想。我们对大自然、知识、生活与劳动的热爱，本应该从这里开始。

我只有从水街的沟渠里仰视，才能看得到牌坊的辉煌，并用沟渠的墙基作为牌坊的根，才能读出牌坊的历史。上岸，凝视这座乡村的丰碑，你能看见它的伤口与凄凉，能看见它的意志与盼望，牌坊始终遥望着远方，但是目光已经变得空洞和无力，它甚至已经开始妥协。

这已经是六百多年的水街，云溪水从高高的荆州岭奔腾而下，穿过村庄，汇入戈溪，送来涓涓细流，也带来凶猛山洪；送来无数童年的快乐，也带来无数对远方的惆怅。

梦想与现实,渴望与追求,留守抑或是探索,云溪水没有答案,只有方向。

水街边古老的路亭,有四百多年了吧?村中雅士称其为听泉楼。听了多少代沟渠的泉声,奔腾的泉水早已经聋了他的耳朵,他早已经成为观音,只看这流水的快慢,却不看人间的悲喜。他已经把心空出来,他知道空的真谛。来来往往,去去停停,让历经千辛万苦的路人遇风雨时到他心里坐坐,这才是路亭的禅意。

这一渠的水花,是大山赐予的;这花岗岩铺就的石阶,是沟边房子的主人砌就的;这水街两边的生活,是13个祠堂的子孙创造的。无论悲喜,人伦的光辉都照耀着他们,温暖着他们,走出千家万户的骄傲。

初秋邂逅中国地图村

在绩溪深山之中,有一个小山村,名字叫陈村。陈村布局形似一幅中国地图,让人惊讶不已。一个初秋的早晨,沿着露水晶莹的山径,我们找寻到这里。

写意·山野

朝阳未起,炊烟已有浅淡。由于电气化的使用,现在村庄里烧饭,已经很少用木柴了。所以乡村炊烟,已经是很奢侈的盼望。日出时分,整个村庄的色彩逐渐丰富起来。我们或静立,或奔走,以发现最好的角度来拍摄"中国地图村"。两个多小时,我们不顾蚊虫的叮咬,忘记了饥饿,痴迷地拍摄着这山村奇妙的景色。

进入陈村时,已经是上午9点。村庄很安静,无风,阳光很暖。各家各户都在晒秋,小院里五彩斑斓,让我们纠结在饥饿与激情的矛盾里。红色的是辣椒,滋味鲜活;金色的是玉米,光彩炫目。辣椒晒干后做辣椒酱,玉米晒干后做玉米粉。想起农家玉米饼油滋滋而辣辣的味道,味蕾打开,头晕目眩。

院落里晾晒完成,农人便牵牛出村,耕作收割完的田地。我喜欢看牛被牵着,穿过小巷时的景象:农人慢悠悠的步伐,忙中偷闲,透露着心底对生活的从容自信。牵牛的老人已经70高龄,依然健实,笑声朗朗。牛也一样,不管要被主人带去哪里,它总是嚼着青草,踱着步,偶尔悠长地吼一声,声音远扬。

谷物被太阳烤晒后会散发出一种清甜的味道,弥漫在空气里。辣椒、玉米、花生、

探访的行者,一时在宁静的时空中产生交集,各自诠释着自己的角色。这是一种自给自足的乡村快乐,尽管辛劳,但是因为知足,乡村洋溢着喜悦的气氛。

稻田就在峡谷边,层层递进,黄灿灿的稻浪传递着丰收的希望。现在,乡村的稻谷一般种给自己吃,并不售卖。当年产的稻米,吃起来新鲜而香甜。

生活很有意思。在乡村,玉米棒子只是食物,但对于旅行者,却是美丽的画面。随意晾晒物品,只为方便,在游人的眼里,却是民俗。相机发现、拉近、放大和修正的画面,让平常世界转化为奇妙的内心喜悦,然后分享、传递,让每一次相遇成为奇妙的经历。

陈村——中国地图村,本来只是生活的居所,现在成为生活的艺术。平常事物,因为被人喜爱,便能成为人间珍奇。因为喜爱,即使饥饿感涌来,依然要坚持先"喂饱"相机。

写意·山野

梦里荆州 天空之城

夏季，穿过云路，翻越云山，即可到达白云围绕的"天空之城"。这里有云河在静静地流淌，有风铃在轻盈地摇曳。这就是荆州，如百转千回的童话意境，正静静地停在月光中。

通往天空之城最便利的方式是坐车。沿着安徽省海拔最高的县级公路，盘旋而上。工程于1985年6月14日启动，历经近四年的建设，在1988年12月竣工。天堑变通途，天空之城变得更为亲近。

荆州公路是安徽省最美丽的乡村公路，连接大山深处的家朋乡与荆州乡。沿途矗立的饭甑山如同天壁，而山云岭形似天门。风起云涌，荆州公路便若隐若现，仿若丝带，飘浮在白云与蓝天交相辉映的天地间。

形同丝带一般的云端公路，虽然全长只有30千米左右，弯道却有351处。坐在行驶缓慢的乡村公共汽车上，每一处弯道都可以清晰地俯视到峡谷里的绮丽风光。层层梯田、绵绵翠竹、青松巨岩、古道石门和白墙黑瓦，构成一幅幅奇妙的油画，又如同一个个彩色的梦境，绚烂光明。

去天空之城，最浪漫的是选择在夏季，骑车独往。速度能因循心情调节快慢，风景可按喜好选择去留，既能即刻追随想要的好奇，又能随时等候心仪的柔曼。我第一次骑行在这条荆州云路，是在1991年7月13日，骑到荆州公路的入口处梅玕岭时，正值夕阳西下。太阳要下山了，风开始凉了下来，回旋在峡谷里。归鸟逆风低飞，宿鸟鸣应。炊烟渐次升起，犬吠遥闻。我遥望着荆州岭下亮起的点点灯火，直到星空乍现。

除了只身骑行这条公路，我还与友人夜行过荆州公路。夏季的夜晚，月色清湛，四下澄明。

曲曲弯弯的荆州公路，在夜色里分外光洁，如同圆舞曲的浪漫旋律，无声地演奏在大山深处。困了，我们轮流假寐。把手杖的一头绑在假寐者的手臂上，另一头由人牵着带路，边走边睡，边走边说梦话，每一小时轮换一次。睡者好像是醒的，醒者如若在梦里，被月光照着。那是一种极为奇妙的混沌状态，那种情境，至今难忘。

徒步进入荆州，有两条古道，荆州古道最为艰险。古道从明末算起，已经有将近400年的历史，历经修葺。据记载，最近时期的一次大规模扩建，是在民国三十七年（1948）。当时，荆州人胡钟吾先生倡议，由乡亲自发筹款，修整了上胡家至凹岭头约10千米的步行道。步道用石板砌成，一弯再一弯，长亭更短亭。

徒步古道，还有一条路线是从家朋进入荆州，不紧不慢，朝发夕至。爬到凹岭头隘口，便是荆州岭古道的制高点。四望苍莽，凉风如水；石亭犹在，古道依长。人离白云更近，芳草铺向蓝天，这就是心中向往的"天空之城"。你无法想象的是，在这苍茫的高山之上，居然有如此廓大的盆地，一条发源于荆州岭峡谷深处的荆阳河要在这盆地上流经10千米，方出境去往他乡。

炊烟袅袅，从荆阳河两岸冉冉升起。又是一个黄昏，到了彩云深处。不妨住几天吧，在高山上，看看星空，听听故事。

荆州人给你说的第一个故事，肯定是"小九华"。一座小山，居然在浙江《昌化县志》、安徽《绩溪县志》与台湾《重印绩溪县志》中都有记载，这成为荆州的珍贵之处。《昌化县志》记载道："邑西荆州有山，形势逼肖九华。"这说明，荆州过去一度曾属昌化县。乾隆年间《绩溪县志》说"小九华"："在县东七十五里，高百十仞，雄岩绝壁，中有平岗，方广二亩，上建地藏殿，仿佛池阳之九华山。"台湾的《重印绩溪县志》附载"荆州古属绩溪""其交通险阻，辟为世外桃源"。据传，自明末以来，"小九华"

便是皖、浙两省的佛教圣地，其中妙境，还有更多故事等我们去聆听。

荆阳河，梦中的云河，月亮沉落在河里，星光闪耀在水面，孩子的欢笑顺着溪水流淌。荆阳河滋润着天空之城，养育着田野人家，带着云乡的故事，流经天目溪，汇入钱塘江，归于大海，但是荆州的根还在徽州。冬季春节期间，假如通往绩溪县城的荆州公路被冰雪封闭了，荆州人便会沿荆阳河顺流而下，绕到浙江临安，再返回徽州走亲访友，全然不去理会路途之周折。其中滋味，外人怎能读懂？

荆州虽处高山之巅，村远乡遥，然徽学濡染，人杰地灵。荆阳河哺育的优秀子民，行走在世界各地，然对家乡的记忆，从来没有模糊过。太阳落山后，山谷幽蓝。放牛归来的路上，母亲寻唤孩子的乡音回荡在原野里。突然月亮腾出山尖，万象生辉，而自家门前的橘黄灯火，变得愈加温暖而分明。

到了荆州，晚上就不要走了。在天空之城，在荆阳河畔，在百转千回的童话意境，于月光中，静静地等候轻盈的风铃声。

写意·山野

回温暖的地方

　　我从出世到 6 岁，咿呀学语，生长在这片高山深处。六年，依稀记得，那时父母年轻的模样、乡亲的笑颜，记得山岭的小路好长好长。

童年印象中，荆州很高很冷，很多关于童年的梦总是在荆州的冬季。好大好大的雪花、好响好响的山风、好暖和好暖和的厨房、好柔软好柔软的被褥，更舒适的，是在母亲的怀抱。我的童年，荆州给了六年的梦乡。现在要回去，选择在秋天，去荆州大山里，在心房感觉最温暖的地方，做一名乡村教师。

荆州是安徽省南部徽州大地海拔最高的山乡，荆州中心小学是目前绩溪山沟里条件最好的学校之一。这里通讯发达，一些大学生毕业后，就选择在这里工作，并不觉得寂寞。

在乡村小学里，教师有公共厨房，集体劳动，轮流做饭。吃的是高山养殖的黑猪肉、高山蔬果、高山野菜、山核桃等。荆州山峰高耸，蓝天白云，鸟语花香，瓜果清甜，是徽州绩溪县最富有的山乡之一。

在荆州，厨房是一家人最重要的场所。灶王爷地位很高。按荆州人的习俗，家家灶间都供有"灶王爷"神位。人们称这尊神为"司命菩萨"或"灶君司命"，传说他是玉皇大帝封的"九天东厨司命灶王府君"，负责管理各家的灶火，被视作为一家的保护神。灶王爷自除夕开始就一直被请在家中，以保护和监督一家人的修行。到了腊月二十三日，灶王爷就会升天，向玉皇大帝汇报这一家人的品行。灶王爷升天日，家里要举行仪式，叫"送灶"

或"辞灶"。根据灶王爷的汇报，玉皇大帝会将这一家人在新的一年里应该得到的吉凶祸福之命运交于灶王爷去执行。因此，对一家人来说，家里的幸福生活要仰仗灶王爷的吉言，灶王爷实在太辛苦、太慈悲，定当敬奉。

对荆州的印象，始终是温暖的梦乡。因为荆州的冬天实在太冷了。一年四季，荆州人的灶门口会放着一个大陶罐子，用来装盛炭火。过去，大山人家一般都是烧柴煮饭，柴火熄灭后，会留下通红的炭火。山里人将炭火取出，密封在陶罐里。炭火缺氧熄灭后就会成炭，乡民储存炭以备冬季或者不时之需。山里一年四季潮湿，阴雨天烘焙杂物，炭必不可少。

荆州人的厨房很宽敞，放置各种生活用具。其中各家都会有一套木桶，是每年过春节前杀猪所用的容器，平时闲置，进入腊月时就搬出来。杀猪时，把桶盛满刚煮沸的开水，用来煺猪毛。小时候，看见这个被搬出来，就知道当天可以吃到红烧肉，喝到甜香的米酒了。那种滋味，至今仿佛还留在唇齿间。

荆州人热情慷慨，客人入门，一定用最传统的礼节来待客——打麻糍。香甜的糯米一定是当年刚丰收的。蒸熟后，大人抓一把，揉成团，给孩子们尝尝鲜，其余的立即倒入石臼，用木杵反复舂捶，将刚出炉的糯米饭砸成米粉团。米粉团黏稠馨香，热气腾腾，令人垂涎。

荆州盛产黑芝麻，在打麻糍的同时，会将淘洗好的芝麻倒入大锅炒熟。舂捶好的糯米粉团被提到案板上后，把刚炒好的、香气四溢的带着麻油味道的白糖芝麻抹上去，黑白相间的麻糍就出炉了。

麻糍被切成片状，方便拿在手上吃。盛白糖与芝麻粉的小碟列在一边，方便客人拌着吃。如果嫌味道淡了，那就多蘸点糖；如果嫌甜了，不妨拌舀一勺芝麻粉。吃麻糍时可以文雅地品尝，也可以豪放地咬嚼，只要不过于失态，你尽可以用最舒坦的方式大快朵颐。浓郁的乡土气息，朴实的真情实意，漫溢在心里。这时候，你还能看见，乡亲的额头上直冒汗气。

吃完麻糍，酒就被端出来了。八仙桌一围，热菜在后面，同时在后面的，还有能用心感受得到的主人的笑意。在乡村，有礼节，而没有拘束。那种畅快，是人生最美的境界。荆州，因为有爱，成为心房深处最温暖的地方。

回温暖的地方，回到自己最温暖的童年；回温暖的地方，去乡村课堂遇见最暖心的孩童。

在乡村学校，你能从每一件小事感受到童心对大人约定的承诺。因为怀有对大人的信任，对父母的爱，他们往往用最殷切的心情去做事，

写意·山野

无论多么辛苦,都毫无怨言。所以大人是千万不能忽视童心的。尤其在学校,千万不要怠慢童心。辜负童心,就是在亵渎自己的岁月,在玷污自己的良知。

生,当知寒暖,尤其在心灵深处。秋天来了,不妨如一只昆虫,向能感受到温暖的方向移动;也不妨如一缕阳光,朝需要温暖的地方渗透;抑或,也当自己还有一点余热,留在需要温暖的地方。

绩溪古道时空

时空是属于主观的存在,交集的缘由、外相都来自心灵深处的诉求。绩溪徽杭古道,在旅行者眼里,是一道风景;在孩童的世界,是一个乐园;在父亲的脚下,是一条生存的道路;在绩溪饺子里,是一次"混沌"滋味。而回到记忆深处,漫步古道,其实是一次根本无法规避的轮回。

写意·山野

　　从高处俯视，徽杭古道是逶迤在悬崖之上、峡谷之间的一条曲线，或陡或缓，或宽或窄，长约 27 千米，是旧时徽州人通往东部地区的陆地蹬道。目前古道入口在宣城绩溪县（旧属徽州）境内，从伏岭乡渔川村的逍遥溪峡谷逆流而入。徽杭古道的另一端入口是在浙江省境内，位于清凉峰镇浙基田村。

　　进入古道之前，要经过一段平坦的山间田园。此时，父亲劳作的场景会映入眼帘。父亲推着独轮车，在炎炎烈日下，汗流浃背，行走在羊肠小道上。因为徽州属于山区，地少人多，在农业社会，一家人的经济来源，除了靠外出经商，另外就是依赖勤勉劳碌。在农业社会，功名利禄是徽州人的最高理想，也是徽州人孝敬父母、贡献家族的终极荣誉。

　　那么，为了生存与荣誉，徽州人从小就选择远行。进徽杭古道入口不远，就要攀登一处悬崖，悬崖上有一道石门，门楣上书"江南第一关"。这道石门，是徽州的标志，是家的符号。长途跋涉，人困马乏，在高岗驻足时，回望这一道石门以及石门外隐约的阡陌交通，还有依稀的田畴屋宇，离乡背井的那种滋味，在一个靠肩挑脚量的徒步时代，在一个为了生存，十三四岁就外出谋生的艰难岁月里，如何能体会？那种滋味，在历尽困苦几十年后，一旦能回来了，面对故土，物是人非，如何能体会？

沿着古道一路往东，山村的民居大多老旧，墙壁已经残破不堪，但还总是会被充分利用，柴薪刚好可以倚墙堆放。安静的石板路，绕着墙基延伸，通向只有农人知道的方向。夏季炎热，山村四周沉寂，偶尔才有鸡鸣或者狗吠，呼应着生命的存在。这时候，时空仿佛是为鸡犬而设的，而人的活动，就成为鸡犬的映衬。此时，你会觉得鸡鸣特别悠长，特别有韵味，而犬吠却非常短促，有气无力。

在大山里，农家还保留着旧时候的梦想。他们将梦想彩绘在客厅正门的墙壁上方，坐在堂前，时时能够看到。临出门时，还能给它一个凝视。这个梦想，与老屋一起，温暖着一家人。主人指着这幅作于"文革"期间的壁画说，这是他们对20世纪六七十年代的记忆。彩绘有三幅，中间一幅是主画面，两侧各一幅是辅画面。中间的主画里，旭日高悬在南京长江大桥的天空上，汽车奔驰在宽阔的桥面上，火车冒着滚滚的浓烟，正跨过长江。而在桥下的江面上，游轮缓缓而来，我们仿佛能听见汽笛的长鸣声。左边画幅的内容是电站、石榴与稻谷，右边画幅的内容是电站、寿桃与小麦。工业、农业现代化，是新中国成立以来全民的奋斗目标，是那个时代给每一个社会主义建设者描绘的最高愿景。在经历了无数的考验后，今日祖国的部分地区已经实现，但在徽州山区，农业现代化依然还很遥远。不过，改革开放后，村民可以外出打工了，山村的生活因此得到了改善。时空，此

时绘在墙上，已经无须分辨现实与梦想。只要内心是光明的，未来一定美好。

在徽州山区，古道旁只要有人家，就会有小溪；只要有小溪，就能遇见快乐的童年。乡村的童年是简单的，泉水从高高的清凉峰顶流下来，水面带着太阳的暖意，水底却隐藏着大山的透心凉，能让孩子们的夏日获得无比欢快的鱼虾之乐。

古道沿途的一些村庄，至今还保留着古老的交通工具：以驴代步，或者用来载运物资。因为山路的险峻逼仄，驴、骡、马成为连接峡谷里各个村庄之间物质流通与信息传递的重要交通工具。驴可以载货、可以载人，所以山里人谈起驴，眉宇间充满敬意。

古道上最稀罕的事情，是能够撞上采石耳的山民。借助一捆绳子，他们就可以飞檐走壁，攀缘在陡峭的崖壁上，采集一种珍贵的食材，名叫石耳。中医理论中，这种植物是夏季的特殊保健品，清凉解毒，同时富含各种微量元素、氨基酸与维生素。因为石耳具有养生的作用，且产量微小，所以市面价格很高。山民为了多一点收入，尽管采摘石耳危险，但还是有身怀绝技者愿意登高一搏。石耳炖鸡是徽州人款待贵宾的佳肴。

炎炎夏日，步行了一天，饥渴难耐。如果借宿古道人家，最好提前告知，让主人准备好一锅热气腾腾、汤汤水水的饺子。盛上来后，稍稍放凉，然后蘸醋，囫囵嚼吞，一鼓作气地吃光，那真是一种酣畅淋漓的感觉。绩溪人吃饺子很讲究，馅里面会拌有香菇、豆腐和五花肉末，汤里面会有新鲜的油渣和葱花。韧韧的饺皮、嫩嫩的饺馅、脆脆的油渣、香香的葱末，组合成一个无法言喻的古道滋味。一旦遇上绩溪饺子，在这个古道夕阳的特殊时空，会让你整个身体全部融化在这一碗类似馄饨的混沌世界之中，慢慢咀嚼出一种属于古道时空仅有的特殊轮回。

写意·山野

清凉峰半山人家

一种久违的心情，我与同窗一起远足，来到与天相接的地方——清凉峰。我们在荒山野岭中艰难地行进，精疲力竭，汗流浃背。清凉峰顶就在眼前了，但是初冬斜照的暖阳在环绕半山人家的同时，也告诉了我们今天攀山的截止时间。黄昏就要来临，我们已经无法在日落之前赶到山顶了。待会我们要原路返回，放弃登顶，借宿山里人家，择日再登。

半山人家是一所破旧的土坯房子。阳光，环拥着山腰上仅有的一户人家。堆列的柴火有一股森林的味道，新翻的地畦还透着泥土的芬芳，晾晒的被褥散发着喷香的太阳味。山芋干、柿子饼以及玉米都在阳光下散发着诱人的味道。

一条大狗被拴在农家门前，异常凶猛。在一阵咆哮后，似乎与我们熟悉了，便不再蛮横，重新以温柔的目光扫视着我们。于是，小屋四周又和阳光一起归于安静，充满了温馨。

野蜂的嗡嗡声重新浮现，在耳畔轻吟。咕嘟咕嘟翻滚着的煮沸声，从厨房里传出。进入厨房，发现灶膛里有一段粗大的木头，还在缓缓地冒着火苗。掀开锅盖，看见大锅里正蒸着饺子，香气四溢，让人顿时感到饥饿。

主人听见狗吠，知道家里来客了。不一会儿，一个健朗的身板出现在厨房门口。男主人姓邵，属牛，50岁左右，中等个子，身板结实，脸上泛着红光，性格沉静。从进门开始，始终微笑着，丝毫没有责怪我们的冒昧。他刚从附近的山谷里回来，问他去深山里做何事，他笑着说："采点石耳。"女主人打进屋开始就一直在忙碌，只记得她在打招呼的时候给过我们一个微笑，仿佛我们是她家的亲戚，不是特别生分。

不一会儿，饺子被端上了桌面。听女主人一说，才突然想起，今天是农历十月

写意·山野

十五，是农村一个传统节日，俗称"十月半"，谐音"十月有伴"，有合家团圆、吉祥如意的寓意。在"十月半"这一天，徽州人要吃饺子。按当地人的叫法，又称吃"水馅包"，自古沿袭。如果白天天气晴朗，那么晚上的月亮将特别圆满。

老邵一家独门独户住在清凉峰的半山腰上，生了两个孩子，一男一女，都已经成人，一个在上海工作，一个在杭州打工，每年都只回家一次。老邵家里装有电话，每逢节假日，可以通过电话联系。主人很少下山，只是在没有米的时候，电话联系好负责流通的乡民，才下山一次。老邵一次可以挑200斤米上山，能吃3个月左右。下山后，没有特别的事情，一般拿了东西，随后就上山。只有心情特别好时，或者遇到急事时，才会顺便到县城里去玩一趟。这样算来，主人说，一年下来，去山下最多不超过5次，去县城不超过2次，大多日子都是在这海拔1000米左右的大山里生活。

他家有很多山核桃树，每年收入有好几万；他会养野蜂，边卖边送，一年可以赚几千元；他家里开垦了很多菜园地，种山芋、玉米、小麦、黄豆、花生、油菜、萝卜、辣椒、青菜等，口味尝新。说起刚才路上看见的山萝卜，也是他家的。拔出来生吃，冰脆而生甜，仿佛是冰糖做的水果。想起刚才路边看见的红辣椒，火红火红的，仿佛是火焰，尝一口，辣味烧到心里。主人始终在微笑，你能看见这微笑中简单而透明的生活。

"你们来得正好，住下吧，今晚的月亮一定很圆很亮。"在我们决定告别的时候，主人微笑着说了一句话，极力想挽留我们。

我们还是下山了。月亮挂上山冈的时候，我们已经行驶在群山里，开车返程。月亮是车后的一轮告别，这是大山的馈赠，慷慨而无限空明。半山人家，离太阳很近，离山脚很远；离月光很近，离县城很远。半山人家，能听见太阳鸟的歌唱，却听不见汽笛声；能望得到吴刚在月宫里伐桂，却不稀罕看人间闹市。

写意·山野

三线厂怀旧

　　从20世纪60年代末到20世纪80年代初,皖南徽州的大山深处,一些神秘的高楼大厦拔地而起。当时为了保密,地方上只称呼"三线厂"。三线厂生产什么？附近村民能隐约猜到一点,但因为要保密,彼此并不打听。这些藏在密林中的工厂是保卫祖国的堡垒,而那些从城市来到山沟里工作的青年都是祖国的卫士。

皖南绩溪，一个小县城附近的山坳里，就分布着20多个规模大小不等的三线厂以及相关单位。记得小时候，我随父亲住在石门外森工站。到了夏季，晚上乘凉的时候，就能听见山谷里的炮响，然后远远能看见红彤彤的火球笔直升起，划亮夜空，最后消失在更高远的繁星里。大人们躺在院落里的竹椅上，边看火球，边摇着芭蕉扇，痛斥着美帝国主义，并掐指计算着美帝国主义的末日，然后仰首长笑。我们只是好奇，这些火球到了星空以后，会不会也变成了星星呢？这时候的夜晚，院落里气氛无比高亢。三线厂给山区人民带来了神奇的幻想、坚定的信心和无比的骄傲。

三线厂落户深山，成了山村的都市。在20世纪六七十年代，望着陆续建起的高楼大厦，村民们非常羡慕。这是自古以来第一次有5层以上的高楼，耸立在狭窄幽深的山谷里，差点可以和山顶比高。如何才能建造这样高大的建筑，让一生没有走出过山区的村民难以想象。

从三线厂的小卖铺里可以买到白糖。如果在三线厂的食堂里吃饭，可以用白糖就白饭，味道香甜黏糯，口感好极了。三线厂的大米都是特供的，来自江苏常熟地区，饭粒饱满圆润，晶莹如玉。不像在县城地方上，用粮票从粮站里兑来的籼米，颗粒发黄，掺了稗子，还兑有细沙与土渣，煮之前要反复淘洗，即便如此，吃饭时，还是粗糙硌牙，一不小心，甚至崩掉半个门牙。每天三餐时分，三线厂食堂的香味从排气扇吹出，

随着山风，散溢到田野里，对于周边乡村的孩童，是极大的诱惑。能吃到一次三线厂的白糖就白米饭，比过节还快乐。

三线厂有澡堂子，定期向村民开放。厂内有子弟学校，也招收一些村民孩子。三线厂后来定额向农村招收工人，这个政策成为当时乡村青年的最大福利。能够成为一名三线厂的工人，是当时村民除了当兵之外的第二件大喜之事。因为除了最实际的光辉前途，还有就是能够在三线厂工人队伍里学到技术、知识和新的生活方式。如果有机会转为正式工，那将意味着身份的彻底转换，鲤鱼跳龙门，从此以后，就不再需要种田了，可以拿到一份工资，捧到金饭碗，吃国家饭了。

三线厂里，大部分工人是上海知青，个个意气风发，斗志昂扬，多才多艺，活泼开朗。在三线厂里，辟有文化橱窗，定期能从橱窗里看到工人写的文艺作品，其中有绘画、书法、诗歌、散文、小说等。文艺演出时，工人还会唱样板戏、跳革命舞蹈、朗诵革命诗歌等。最喜欢看漂亮的女工独唱，最不喜欢听嗓门过大、有点吓人的大合唱。在那个文化贫瘠的时代，最让人难以忘怀的，是夜晚降临时从工人的宿舍里传出的笛声，清亮而悠扬。

山里的业余生活还是单调的。闲下来，上海知青喜欢走村串户，到当地居民家里做客，与当地人交朋友。每逢过年前，地方朋友会给知青寻访到便宜的上等木料，让他们带回上海。过年后，上海知青会给当地朋友带来大白兔奶糖，还有一些地方上无法买到的好烟，如飞马、大前门等。这些木料，让收入有限的上海知青解决了新婚时打家具用的重要难题。在那个时代，结婚时，家具腿越多，排场就越大。而从上海大城市带回来的奶糖与香烟，让山里人家受到了"特殊"的待遇，是可以在节后很长的一段时间里，在亲友面前炫耀的话题。

除了木料，平时知青还能从乡下买到价廉物美的土货，如山核桃、玉米、番薯、茶笋等。一些会过日子的知青，会把这些土特产积攒下来，等有机会回上海时，再带回家。

每逢周末，三线厂会对外开放，让乡民来观看电影。只要其中一个三线厂有电影，消息传递的速度不亚于现在使用的光纤。方圆二三十千米范围内，但凡能赶来的都会赶来。有条件的单位开卡车来，有资源的村民开拖拉机来，时髦一点的年轻人骑自行车去，实在没有办法的，就准备好火把，提前一点时间，徒步前往。本来嘛，走路对于山里人来说就是小菜一碟。一时间，三线厂的文化广场就会被围得水泄不通。正常位置没有了，人们可以挤到银幕底下，躺在地上看。广场内挤不进去了，就爬到树上看。树上吊满了，就爬到房顶上看。房顶上坐满了，就跑到山坡上看。实在不能从正面看电影，就干脆坐到银幕反面，一溜排开看。挤不过青年的老人，提着早预备好的小马扎，干脆坐在一边的田埂上，靠着椅背、抽着旱烟、打着芭蕉扇，远远地听着电影。

转眼就到了20世纪80年代中期，三线厂生产突然停顿下来。工

写意·山野

人们陆续返城。再后来,三线厂冷清了,只留下看门的老头。不久,传达室的老头也走了。文件下发,三线厂转给了地方。热闹过一段时期的山里都市突然沉寂了,保卫祖国的神秘堡垒被解禁了,旧时光就这样逐渐远去了。留给我们的,是甜蜜的惆怅,时间愈久,回味愈醇。

徽州秘境尚村

　　冬季邂逅尚村。儒雅的村名,蕴含着对传统的崇尚。崇尚哪些传统?尊奉哪些精神价值?还有哪些现实意义?又能传承多少?传承多远?

写意·山野

尚村位于徽州大山深处。未曾知晓，让人向往；终于抵临，令人迷恋。尤其在冬日、在四周无风的当下，仿佛阳光只普照在这一片山野里，而世俗已经被这里淡忘。尽管人们知道，这里村民的生活并不太富裕，且劳作依旧艰辛。留守村庄的，大多是老人与小孩，空荡荡的古巷内很少见到年轻的身影。

尚村，古时称"砚瓦村"，寓意家有砚台、户拥瓦房的农耕理想。山云岭村旁环绕，一条溪水蜿蜒而出，成为长江水系水阳江的源头。古代交通闭塞，林密山险，仅溪流、山径与外界相连，山村成为秘境之地。唐朝始，每历战乱，士族便悄然遁入，形成徽州极少数多姓氏合居的世外山谷。尚村有10姓，人丁一度逾2000，现留存祠堂9座，历经"文革"，依然被许、周、方、高、章、胡、唐、张等姓氏传承纪念，构成氏族和睦相处之局面。

因为与外界几乎隔绝，村人历史上自给自足，各类匠工皆有，多种手工艺被传承下来，但是最年轻的工匠也有50多岁了。据统计，目前村内还有一批老匠人健在，如铜匠、箍桶匠、古法榨油匠、棕毛匠、弹棉花匠、窑匠、旱烟匠、吊酒匠、纸扎匠、介板匠、草鞋匠、粉丝匠、麻糖匠等。如果冬季去尚村拜访，在与亲朋过年团聚时，一定会遇上诸多老匠人，听到老匠人的传奇。而关于传承，似乎即将是一个梦想。略微打动人的，还是初冬尚村的"晒秋"。

无风，冬季的阳光晒得人头脑嗡嗡作响，四周一片静寂。院子里的簸匾与阳台很热闹，你能够看见蔬果被晒干的过程。农人此时已经赋闲，忙着冬季的粮食储存，以及丰收后各类土特产的干腌处理。

萝卜丝被晒在水泥平台上，光影述说着时光以及农人的思绪。从二楼伸出去的水泥平台与邻居家屋顶齐高。邻居家还是旧屋，上百年了，屋顶还是徽派建筑的传统瓦檐，而我住的人家，已经是崭新的水泥钢筋楼房。乡村正在递进中改变。村书记说，这家楼房目前是村内最新的，也是最高的。去年春节，他家失火，幸亏及时扑救，没有殃及别家。老屋没了，重建新房，家中经济能力还好，一幢4层楼房在村中央拔地而起，远远高出周边原来的旧式马头墙，成为千年古村落新建筑的代表作。

尚村的"晒秋"，虽然少了徽派建筑的背景，但是不锈钢管的围栏和晒架，的确为"晒秋"提供了最便利的方式。而阳光在这样的水泥建筑上，似乎更为恣肆和绚烂。在这里，建筑方式的传承服从生活的需要。

站在水泥高楼上俯瞰，比较黑灰格调的白壁黑瓦马头墙与火柴盒式的水泥钢筋楼房，不由得觉得，阳光似乎只钟情明亮的建筑。从生活的角度，但凡有经济能力，文化一定服从生活的需要。建筑传承，崇尚什么，我们才会去传承什么。

2014年12月3日，在黄山山顶飘拂大雪时，尚村也下雪了。接待我们的村书记老高说："下雪来吧，雪后这里非常漂亮。"一位奔忙在大山深处的彪形大汉脱口此言，让我期待殷甚。但是如何进来，进来后吃住到哪里，尚村目前还没有开发旅游。虽然已经有慕名而来的游客，每一位游客对这里都赞不绝口，但是他们都只做了匆匆的过客，没能留在村内吃住，或者吃住都是村民的免费接待。淳朴的性格，让这里的乡民觉得来的都是客，谈到收饭钱、收房钱，他们感到羞怒。

高书记已经在逐步转变观念。他望着水泥平台的晒秋场面，微笑着与我叙谈。尤其当谈起这一家人失火时，他不禁一阵叹息。当时救火急切，高书记冲出家门时，完全忘掉了脚上过年新买的一百多元的"名贵"皮鞋，火灭后，发现自己的新鞋焦烂，心疼得无法言喻。

我想，等到有一天，当徽派建筑的传承给他们的生活带来了改善时，那么，文化就落地了。我想象着这样的画面，阳台上晒的还是简单的萝卜丝与山芋干，但高书记总是穿着新鞋，站在徽式瓦檐的阳台上，俯瞰四周，给游客讲着村内的故事。他最后的话语从风中传来："下雪来吧，雪后这里更加漂亮。"

故乡在水阳江源头

2017年4月4日，清明节，绩溪进入了清新明亮的多彩世界。在水阳江源头，柳枝新韵，蛙声如潮；山高风满，鸟语花香。

写意·山野

　　在家朋，穿村而过的云溪，是水阳江最重要的源头。自南向北，云溪与戈溪交汇，戈溪入宁国西津河，西津河与东津河、中津河交汇，始得宣城水阳江。历史上，水阳江为了能从绩溪高地流出，故连接宣城、织入长江水系的交通干线，绵延254千米，成为绩溪输出本土古风俗与获取长江流域新信息的文化长廊。

　　绩溪作为移民秘境，历史上曾属于徽州。背井离乡的行为模式，融入了绩溪人的基因，延续到今日。外出打工，是绩溪山里人赖以谋生的重要手段。旅外的绩溪人可以不回老家过年，但是，在清明节前后，必定要回到本土，祭奠祖先。清明节，在水阳江源头的大山深处，家朋人陆续返回扫墓了，找寻自己的来去，感恩祖上之功德。

　　清明节，乡村的记忆里总有烟雨的痕迹，洗涤着乡村的仲春时空，也滋润着经冬以来有些枯涸的心情。油菜花漫山遍野，和游子、乡人一起簇拥在祖坟前，与先人在春的芬芳里对话。但凡看见烟雾的地方，不是炊烟，而是亲人在坟前燃烧纸钱、燃放鞭炮时，冒出的青烟。

两千五百年前，对于周时帝王，借助清明的特殊时空，目的是想祈祷永恒不变的国泰民安。希冀依照自然之轮回，世代统治着知足的子民，营造着尊卑有序的社会，安享帝王的尊荣。随后介子推的出现，他清正廉明的故事，被世代统治者宣扬，于是扫墓便衍生出来了。爆竹声声响起，清脆嘹亮，回荡在旷野里祖坟的上空。人们相信，这声音的力量加上虔诚，能够涤荡周边的邪气，唤醒人在灵界的记忆。然后在最为原始的供奉仪式里，为自己谋取心灵的寄托。其中有感恩，更有无法明示的生存追求。

水阳江源头，在花海围绕的家朋乡山谷里，屹立着许家朋烈士纪念碑。22岁的许家朋在抗美援朝中牺牲，与杨根思、黄继光、邱少云等功臣集体一起，成为新中国的国魂与民族的脊梁。清明节，列队祭奠的学生络绎不绝，无论孩子们理解多少，我们的时代已然走进了对人民英雄感恩的岁月。

在水阳江源头的花香里漫步。有明朝留存的荆坎古道，在云间流连；有仙人谷的幽美胜境，被森林覆盖。尤其是尚村古村落，依然保留着明清古风，让人领略到坚守传统的艰难以及面对现实的释然。尚村旁边就是祖坟，乡村的昨天与今天，只隔着一夜梦乡、一道山梁。

兀立山梁，能看见炊烟从花海如潮的山谷里升起。这时候，田间劳作的人们都陆续回家了。乡村的岁月很劳碌。活着做吃，有钱读书，能考一个大学，到城里工作，不用再回到田里受累。看花海虽然轻

写意·山野

松，然花海里的未来，我们是否关注？如果有一天，我们的尊严，只一味功利地索求，那么我们的教育是否符合人民时代的价值观？

清明节过后，在源头看花的游客如同水阳江水一样，流向了远方。家在江水源头的年轻人，在一年一度的扫墓结束后，也将去他乡谋生。看家护院的老人，但凡能动，便开始准备春耕。留守的老人有自己的理论：无论在城市还是乡村，一样都是做吃；无论世俗如何聒噪，劳动光荣。

家在高高的峡谷间，人在深深的花海里，生活在春的心窝上。人们借助特殊的节日，与上苍对话，向祖上祷祝，与自己叙述心事，然后期待另一个春华秋实。今年清明天气好，白云高高地挂在天上，蜜蜂飞舞，百鸟欢唱。

在高高的水阳江源头，家朋花海正漫山遍野地生长。这里是和平岁月的调色板，在清明时节，让一切行走在美的道路上。